MATTEO CARLETTI

LA VIA DEI MONTI
STORIE DI LUPI E DI APPENNINO

LA VIA DEI MONTI
STORIE DI LUPI E DI APPENNINO

A Fabrizio.
Agli amici del Frignano.
Agli studenti di Scienze Naturali.

A Massimiliano,
compianto amico e maestro.

A mia figlia Alba.

*"Come ci si può concedere la frivolezza di inventare,
quando tante vite meritano di essere raccontate,
ciascuna di esse un romanzo, una rete di ramificazioni
che conduce ad altri romanzi, ad altre vite?"*

Antonio Munhoz Molina

PARTE PRIMA

LA VIA DEI MONTI

1 - Un racconto e una promessa

Sono tante le avventure che si possono vivere in una vita. Situazioni di diverso genere, esplorazioni di noi stessi attraverso o indipendentemente dalla scoperta di ciò che ci circonda. Non importa cosa si faccia, ma quanto le esperienze che ci capitano, e sentiamo come particolarmente significative, ci conducano a un'evoluzione individuale di ampia e sostanziale portata. Per alcuni può essere un viaggio, per altri ancora un grande amore, oppure una folgorante carriera, una fede, un sogno. Non importa cosa si viva, importa solo cosa ne rimane.

A 29 anni, quando parecchia gente sceglie di investire in un lavoro stabile, in una famiglia, un figlio, ho lasciato un lavoro stabile, una famiglia e un cane per studiare il lupo nell'alto Appennino modenese. Ho scelto un'altra via, un altro destino. Anziché propendere per un futuro di certezze, ho accantonato tutto per giocarmi una scommessa, forse l'ultima prima di entrare definitivamente nell'età adulta. È iniziata così quella che sentivo sarebbe stata la mia grande avventura.

Le pagine che seguono delineano l'altra faccia di un'esperienza di ricerca. Descrivono le emozioni, accantonando i dati. Racchiudono l'esperienza umana da me vissuta tralasciandone deliberatamente i contenuti scientifici, riportati peraltro altrove. Considerazioni, storie, personaggi che fanno parte dell'Appennino, e di me stesso, assorbiti un poco ogni giorno, scarponi ai piedi, in un contesto antico e affascinante. Ne è uscito un resoconto molto personale, forse disomogeneo, sicuramente autentico. Per anni, come rappresentanti di un progetto condiviso, parlando del nostro lavoro abbiamo dovuto rispettare un necessario formalismo. Non era la nostra voce a parlare, quanto piuttosto quella della ricerca. Accingendomi a proporre a un ipotetico lettore le pagine che seguono, dichiaro di scrivere dal mio personale e univoco punto di vista. Intendo rinunciare all'oggettività tipica della scienza, per entrare in un ambito prettamente narrativo. Prometto, in ogni caso, di scrivere solo ciò che è stato. E quindi ecco il mio racconto, la mia avventura. Per chi non c'era, per chi non può o non ha potuto. Per quelli che non hanno mai capito dove fossi sparito per tre anni. Per il me stesso che a molti anni da oggi vorrà ricordare, o non riuscirà a dimenticare, e diventerà un insopportabile vecchio che delirando parlerà di lupi e di monti. Per le genti dell'Appennino. Per le storie che le nostre montagne custodiscono. Per i popoli del bosco, che non hanno voce propria.

Bruce Chatwin teorizza che i luoghi siano fatti di nomi, perlomeno per noi uomini, specie dotata di parola. Se questo è vero, ciò che non ha nome forse non esiste. Occorre quindi che io chiami la roccia, l'animale, il ruscello, per ricreare la mappa verbale dei luoghi in cui ho vissuto. Per rievocare, attraverso essa, il mondo silenzioso e arcaico che mi ha ospitato, raccontato, insegnato il proprio canto. Un mondo reale ma lontano, che per molti esiste solo in un'ancestrale reminiscenza, sepolto tra la paura del buio e il domestico benessere che si prova tra le amichevoli piante di un giardino.

2 - Dalle scarpe agli scarponi

Il lupo è un animale meraviglioso, in senso etimologico, ovvero in grado di suscitare meraviglia. Sin dall'università sono stato fortemente attratto da questo animale dalla socialità talmente complessa da essere del tutto simile a quella umana. Il professor Luigi Boitani – uno dei primi accademici a occuparsi seriamente di lupo in Italia e in assoluto tra i più competenti a livello mondiale – ha proposto ai propri studenti universitari, nel corso di una lezione, un accattivante esercizio. Si tratta di un gioco di prospettiva che comincia chiedendo quale sia, tra i mammiferi, la specie che presenti una spiccata organizzazione gerarchica, quale collabori all'allevamento e alla difesa dei figli, quale attribuisca a ciascun individuo un preciso ruolo, proseguendo quindi su questa linea. Quando ormai appare evidente che ci si riferisce al lupo, con un sagace sorriso Boitani risponde che "ovviamente" parla della specie umana. L'ingegnoso espediente è una chiave per aprire una delle porte che collegano l'uomo e il lupo, creature simili, o perlomeno socialmente affini al punto da essere legate da una lunga storia di coesistenza (si pensi al cane), ma anche di contrasti, persecuzioni, pregiudizi, timori.

Tutti coloro che hanno avuto la possibilità di conoscere il lupo nel proprio ambiente, a prescindere dalle proprie posizioni iniziali, finiscono per nutrire un profondo rispetto verso di esso. Perfino i pastori, acerrimi nemici del lupo, pur contrariati ne ammirano l'abilità a comparire dal nulla, come un fantasma e a scomparire nuovamente nella boscaglia con una pecora spesso prelevata "chirurgicamente", con precisione e rapidità. Allo stesso modo i cacciatori, forse a oggi gli unici competitori diretti del lupo per la risorsa fauna, ne apprezzano l'elusività, il coraggio, l'abilità quasi sovrannaturale nel cacciare prede molto più grosse ed enormemente più forti quali un cinghiale adulto, o un cervo. Il lupo in definitiva assomma una serie di aspetti estremamente affascinanti. È un sofisticato e duttile predatore. È una creatura estremamente discreta e pressoché invisibile, cosa che peraltro contribuisce ad amplificare le leggende e i pregiudizi sul suo conto. Ha una storia profondamente intersecata a quella umana, ed è sociologicamente presente nella nostra cultura, nelle favole e nelle fiabe, nei miti, nelle ombre più ancestrali del nostro recondito immaginario. Con queste premesse è facile capire il mio repentino innamoramento per il lupo, nato in tenera età e ancora forte. In casi analoghi c'è chi parla, con toni forse eccessivamente fatalistici, di specie totem. Non so se il lupo possa essere definito tale nel mio caso, sono scettico a riguardo. Di certo posso dire che verso il lupo è stata attrazione al primo incontro. Nel corso degli studi, tuttavia, raramente ho avuto occasione di avvicinarmi davvero alla specie, che ho conosciuto principalmente attraverso letture personali ed esperienze formative estranee al contesto accademico.

Nel 2001, a distanza di due anni dalla laurea in scienze biologiche, ero convinto che il mio destino fosse nella pubblica amministrazione, dove ricoprivo il ruolo di responsabile dell'ufficio ambiente del mio comune. Collaboravo a titolo volontario con il Servizio Faunistico della Provincia di Modena, che conduceva sin dall'anno 2000 un monitoraggio genetico sulla specie nell'Appennino modenese, in collaborazione con la Regione Emilia Romagna e con l'Istituto Nazionale per la Fauna Selvatica. Il compito dei volontari come me consisteva principalmente nel percorrere la rete sentieristica delle aree appenniniche in esame, e ispezionare i crocevia tra sentieri o altri eventuali siti di marcatura, alla ricerca di campioni fecali da sottoporre a indagini molecolari. Più brutalmente, si raccoglievano cacche fresche di lupo. Ogni volta che si affronta questo argomento è inevitabile che parta un moto di scherno, a metà tra un'espressione schifata e l'ilarità più fanciullesca. Non mi provocano nessun fastidio reazioni di questo tipo, a maggior ragione sapendo quante informazioni si possano ricavare da un'indagine genetica condotta con adeguato rigore. Per accreditare l'opinione di chi ritiene che raccogliere feci non sia un'attività decorosa, aggiungerò che le cacche di lupo hanno un odore terribile, come quelle della maggior parte dei carnivori. Per quanto poco ortodossa, tuttavia, quest'insolita attività di raccolta rivela un'indispensabile mole di informazioni ai ricercatori. Nella letteratura scientifica di riferimento figura persino un noto articolo dall'azzeccato, ironico titolo di *Facts from faeces*, letteralmente "fatti dalle feci", ovvero dati, evidenze scientifiche desumibili dalla cacca degli animali. In presenza di condizioni avanzate di indagine, a partire dai campioni fecali di lupo e attraverso tecniche di genetica non invasiva, è possibile risalire alla specie (cane, lupo o ibridi), al sesso, fino a giungere alla specifica caratterizzazione di un individuo (una sorta di "targa" genetica di ogni singolo esemplare). Più recentemente si è perfino giunti a tracciare i legami parentali tra esemplari che frequentano una medesima area. Tutto ciò consente di formulare e convalidare ipotesi sulla presenza della specie in un territorio.

Vedere un lupo è estremamente emozionante, molto più gratificante sul piano personale, ma pressoché inutile dal punto di vista scientifico. Non è infatti possibile discriminare "a occhio" un lupo in natura con un adeguato margine di attendibilità, né riconoscere un individuo dall'altro. Le osservazioni sono rarissime ed estremamente fugaci, e le fotografie ottenute con macchine ad autoscatto, le cosiddette "trappole fotografiche", raramente sono di buona qualità. Durante il mio periodo da volontario, ero convinto che il monitoraggio genetico fosse un piacevole e insolito passatempo, solo più utile e affascinante di una semplice escursione tra i boschi. Allora non potevo immaginare che si stavano creando le condizioni perché potessi diventare ricercatore. Per questo, aprendo un inciso, esorto gli studenti che intendono affacciarsi alla ricerca a collaborare con vari gruppi di lavoro fin dai primi anni di università, anche a titolo volontario. Questo consente di capire se un lavoro piace davvero, e genera una rete di contatti che possono rivelarsi in seguito di fondamentale importanza.

Il momento in cui mi è stato chiesto di cambiare lavoro, passare da un ufficio a un bosco, è impresso a fuoco nei miei ricordi. Estate 2001. Sono nel cassone di un fuoristrada con Fabrizio, futuro collega e compare fin dai tempi dell'università. Stiamo rientrando da una sessione notturna di *wolf-howling*, nell'ambito delle attività di indagine sul lupo condotte dal servizio faunistico provinciale. Fabrizio e io ci troviamo scomodamente rannicchiati nel vano di carico del fuoristrada di Riccardo, l'amico biologo del servizio faunistico. Scendiamo dalla tortuosa strada che dal Lago Santo conduce a Tagliole, borgo dal nome estremamente eloquente in materia di lupi. Tagliole di lì a breve avrebbe fatto parte della nostra vita. Sbattiamo ovunque a causa dei tornanti e delle buche, ma non importa. Si chiacchiera serenamente, appagati dalla bella nottata e dall'escursione notturna appena conclusa. L'argomento finisce sulle nostre prospettive di carriera. Fabrizio e io siamo due biologi faunisti da poco laureati. Riccardo ha un disegno in mente, e sonda il terreno. Comincia a ventilare la possibilità di lavorare nell'ambito di un progetto di ricerca sul lupo, come ricercatori per la porzione di territorio modenese. Tasta la nostra disponibilità a essere assunti come tecnici, a tempo pieno, all'interno del progetto che di lì a poco sarebbe partito. Le parole escono dalla sua bocca, tornante per tornante, andando a parare esattamente dove non osiamo nemmeno sperare. Servono due persone professionalmente competenti, disposte per tre anni a vivere e lavorare sull'Appennino, presso il Parco regionale del Frignano, per studiare il lupo nell'ambito di un progetto comunitario LIFE Natura. Il progetto di ricerca avrebbe coinvolto la fascia alto appenninica delle province di Modena, Reggio Emilia e Parma. Una cosa è subito chiara, dalle parole di Riccardo: si tratta di dedicarsi interamente allo studio del lupo, assunti da un'area protetta, con uno stipendio non elevato ma decoroso, cogliendo un'occasione che molto raramente si presenta. Avremmo lavorato in tandem, Fabrizio e io. Sarebbe stata l'occasione per vivere un'esperienza professionale che aveva il sentore dell'unicità, e che sin dai tempi dell'Università ci auguravamo di poter un giorno condividere. Con uno sguardo di complicità, il primo di una lunga serie, non abbiamo esitato un secondo a fornire la nostra più totale disponibilità, tra gli scossoni del fuoristrada e con il tacito sorriso di chi ha appena vinto a sorte un premio raro.

Ci sono opportunità che non possono essere perse, se si tiene davvero a qualcosa. Molti mi hanno dato del pazzo, per essermi di lì a poco licenziato dal comune. Ma per me non c'è stata esitazione: avevo studiato biologia per avere un giorno la possibilità di lavorare tra la fauna selvatica, in un contesto naturale, con autonomia di orario e organizzazione. Sono stato attratto da un'irresistibile forza centripeta verso i monti e il bosco. Per me non c'era scelta possibile, non avrei potuto fare altro che accettare. Ero davanti a un sogno che si realizzava e, tra tanti, un sogno grande. Ho accettato nella consapevolezza di rinunciare a comode certezze lavorative, tanto più preziose nel periodo storico del lavoro precario, del quale sono stato un paradigmatico esponente. Sapevo che sarei entrato in un universo lavorativo affascinante, competitivo, incerto, che avrebbe potuto respingermi. Ero disposto a rischiare, a pagare il prezzo di una scelta. E infatti un giorno tutto è finito, e un prezzo è stato pagato. Era nei patti. A posteriori posso dire di aver fatto la cosa giusta, che rifarei tutto esattamente allo stesso modo. È stata la mia scelta, la mia scommessa, la mia possibilità, e niente è più stato come prima. Ero una persona normale con una possibilità speciale. Mi sono tolto le scarpe da città per infilare un paio di scarponi che hanno percorso tremila chilometri di Appennino. E a ogni passo ho sussurrato un grazie.

3 - Il Progetto LIFE

Come premessa a quanto racconterò in seguito, è opportuno che io spenda due parole sul Progetto LIFE, tracciandone una succinta descrizione nel presente capitolo. Chi dovesse trovare noiosa tale lettura potrà passare direttamente alle sezioni successive, senza che ciò vada a interferire negativamente con la comprensione del racconto nel proprio complesso.

I LIFE Natura sono stati uno strumenti finanziario dell'Unione Europea volto a coprire i costi di una ricerca su specie e habitat di interesse comunitario. Progetti seri, che hanno costituito un'ottima opportunità professionale per chi si dedica alla ricerca scientifica in campo naturalistico. Per un'area protetta, inoltre, sono stati un efficace strumento per acquisire conoscenze, per qualificare e valorizzare le proprie risorse naturalistiche. I progetti LIFE hanno inoltre consentito di incrementare il consenso e la visibilità di un ente Parco tra l'opinione pubblica e i visitatori. È chiaro che per gli amministratori di un Parco è stato soprattutto quest'ultimo l'aspetto di reale interesse.

Le prime fasi di un progetto di ricerca sono molto delicate. È necessario definire gli obiettivi, e scegliere di conseguenza le più efficaci metodologie di indagine. In un progetto che prevede l'operato di più persone, è inoltre di fondamentale importanza che i dati vengano raccolti in modo standardizzato, per cui anche il coordinamento del personale diviene un aspetto davvero nevralgico. Ciascuno deve sapere esattamente cosa fare e come farlo. C'è bisogno di una struttura direttiva, tanto più articolata quanto maggiore è la complessità degli obiettivi di ricerca e la portata degli interrogativi gestionali. Il nostro è stato il primo progetto di ricerca italiano operativo sinergicamente su tre aree protette confinanti. Nel nostro caso, dunque, la struttura organizzativa era necessariamente piuttosto articolata. Avevamo un coordinatore scientifico, il dottor Paolo Ciucci, affermato ricercatore, ma anche uomo dalla tempra e dalla rusticità inusuali.

Paolo aveva l'incarico di definire le metodologie di ricerca che avremmo applicato, e di assicurarne l'attendibilità sotto il profilo scientifico. Compito di Paolo era anche garantire una corretta interpretazione dei risultati. Al coordinatore scientifico si affiancava un coordinatore tecnico, il dottor Willy Reggioni, persona competente e meticolosa con il compito di fungere da garante sul rispetto degli obiettivi LIFE. Willy era il referente diretto per i Parchi e per i singoli ricercatori. E poi c'eravamo noi, i ricercatori dei singoli Parchi. Il nostro ruolo era prettamente operativo. Fabrizio e io formavamo assieme il primigenio team modenese, che si sarebbe presto arricchito di una serie di fondamentali collaboratori, primi tra tutti i nostri insostituibili studenti.

Prendendo contatto con la struttura e il personale del Parco del Frignano, ci è parso di percepire da parte della presidenza qualche ritrosia, una vaga diffidenza nei confronti del nostro ruolo all'interno dell'ente. È andata meglio con il direttore Paolo Filetto col quale, al prezzo di un trasloco, siamo entrati subito in confidenza. Purtroppo per noi il suo incarico sarebbe durato ben poco. Le nostre prime giornate al Parco sono trascorse verificando quali materiali e attrezzature fossero disponibili, e quali dovessero essere procurate. Ci siamo occupati di integrare carenze di dotazione attraverso l'acquisto di strumentazione specifica, come previsto nelle azioni del Progetto LIFE. Il nostro lavoro comprendeva una serie di mansioni iniziali di natura prettamente impiegatizia, che includevano la richiesta di preventivi, la preparazione degli ordini di acquisto e il ritiro del materiale. Servivano diversi supporti cartografici a differente scala, carte tecniche, tematiche, forestali, di uso del suolo, e la disponibilità delle stesse in formato digitale, nonché software GIS (strumenti per l'elaborazione e la gestione di cartografia su supporto digitale). Mancava ovviamente una specifica dotazione di apparecchiature di ausilio allo studio del lupo. Abbiamo provveduto acquistando parecchio materiale, rimasto successivamente in dotazione ai Parchi, e comprendente racchette da neve, sci per alpinismo, cannocchiali, un nuovo fuoristrada, un personal computer, GPS palmari e via dicendo. Abbiamo provveduto a predisporre strumentazione più specifica, come quella utilizzata per l'emissione di ululati, ottenuta con l'assemblaggio di varia componentistica (batterie, lettori CD, amplificatori), in modo piuttosto artigianale ma decisamente efficace. Questo noioso elenco spero possa fornire una vaga dimensione dei presupposti che si celano dietro a progetti di tale portata.

Lavorare per un Parco ci sembrava un traguardo professionale davvero importante, un'esperienza stimolante e formativa. L'idea di poter disporre di una completa attrezzatura professionale per lo studio del lupo, inoltre, ci regalava la sensazione di avere potenzialità incredibili per far crescere lo studio della fauna all'interno di un'area protetta di rilevanza regionale, quale il Parco del Frignano. Sarebbe potuto nascere, in prospettiva, un competente e strutturato servizio naturalistico, potenzialmente in grado di soddisfare qualsiasi necessità di studio e ricerca del Parco. Per due biologi a indirizzo faunistico come Fabrizio e il sottoscritto era come vincere la lotteria di capodanno, un sogno concretizzato, e davvero molto promettente. Idealizzare, tuttavia, è rischioso. Non avevamo ancora le idee molto chiare sul nostro nuovo contesto lavorativo, e già c'era chi non la pensava come noi, come si capirà tra poco. Dopo aver conosciuto il personale del Parco, Fabrizio e io abbiamo preso i primi contatti con la struttura LIFE al completo, composta da più di 20 persone, tra tecnici e studenti. Con parecchi di loro avremmo a breve stretto rapporti di amicizia molto saldi, che resistono tuttora. Il personale comprendeva individui di differente età, e di estrazione molto diversa. In ciascuno di loro, tuttavia, brillava la passione per le scienze della conservazione, e per il lupo. Raramente ho visto qualcuno dei miei colleghi, studenti inclusi, tirarsi indietro quando si trattava di spendere ulteriori sforzi per conseguire un risultato, o terminare un'indagine di campo, un campionamento, un compito, un'analisi. Anche alla fine di una dura giornata di lavoro. Anche a notte fonda o all'alba. Anche dopo ore di tracciatura su neve, seguendo la pista di un branco. Analogamente a quanto avviene in altri ambiti professionali, anche nella ricerca i risultati migliori si ottengono grazie al lavoro di diverse persone che si concentrano sinergicamente sul medesimo obiettivo.

È opportuno affrontare una volta per tutte la nota davvero dolente relativa all'epilogo del Progetto LIFE. Al termine del triennio in cui il progetto si è articolato, salvo pochissime eccezioni i Parchi hanno inteso troncare i rapporti con il personale LIFE. Questo è accaduto sicuramente nel nostro caso. Gli amministratori modenesi, senza troppi complimenti, ci hanno chiesto di riordinare la scrivania e ci hanno spediti a casa Non mi risulta che qualcuno di loro si sia nemmeno premurato di utilizzare in qualche modo i nostri dati a scopo gestionale o conservazionistico. Bene che vada il frutto delle nostre indagini giace da qualche parte in un cassetto o, peggio, in un cestino. Nonostante qualche trascurabile cedimento, il Progetto LIFE, con la sua enorme mole, è stato trainato per tre anni da un gruppo di persone serie e determinate, che rappresentano sicuramente un valore professionale notevole e uno dei risultati più promettenti che il LIFE ha ottenuto. A cinque anni dall'inizio del Progetto, tuttavia, questa ricchezza è andata dispersa quasi totalmente. Forse, semplicemente, perché così doveva andare. Chiunque voglia vivere e mantenersi studiando il lupo, deve plausibilmente mettere in conto basse probabilità di successo, e almeno un sogno di riserva nel cassetto. Probabilmente le cose sono degenerate perché solo pochi di noi hanno rivelato un valore professionale tale da essere preso in considerazione anche in seguito. Oppure, più amaramente, qualcosa non ha funzionato perchè la nostra è una nazione che a discapito dei proclami trionfalistici, che spesso partono proprio dalla presidenza delle Aree Protette, non crede che le specie di interesse comunitario rappresentino realmente un valore, ma solo un mezzo per reperire fondi, e di riflesso visibilità politica. Ancora una volta può essere che non si creda nella ricerca, ovvero nello strumento di sviluppo più formidabile ed efficace a disposizione di un Paese. In sostanza, forse, non siamo ancora pronti ad avere aree protette degne di questo nome. Non siamo pronti a considerare come obiettivi di qualità, come esempi di gestione a cui tendere, realtà quali lo *Yellowstone National Park* o lo *Yosemite* o altre analogamente prestigiose. Mirare molto in alto spesso consente di avere degli obiettivi perlomeno degni di questo nome. La realtà che ho vissuto mi porta a credere che vi sia tra gli amministratori delle aree protette un certo marcato lassismo, e molta inconsapevolezza, miscela nefasta per una comunità. Ai Parchi servono persone capaci, amministratori più attenti e sinceramente protesi alla propria funzione pubblica, al proprio mandato, in grado di elevarsi dal contesto locale quanto basta per focalizzare i propri compiti, tra cui è sicuramente compreso quello di provvedere alla protezione e alla valorizzazione delle risorse naturali di un territorio. Ogni volta che una persona inadeguata o irresponsabile si trova ad amministrare risorse pubbliche, parecchie di queste risorse vengono inesorabilmente disperse e scialacquate, promettenti opportunità vengono vanificate, soldi pubblici sprecati, risposte concrete a interrogativi gestionali vengono deliberatamente ignorate. Senza continuità nelle ricerche, la gente continuerà a chiedersi a chi giovano certi studi, progetti che cessano prima ancora di avere visibilità, prima ancora che la collettività ne possa comprendere concretamente l'utilità. Proseguendo in tal modo generazioni di studenti universitari non potranno, come noi, giocare per tre anni con i propri sogni, o saranno inesorabilmente costretti a farlo altrove.

4 - Nuovi percorsi, antichi sentieri

Giovedì 18 ottobre 2001 Fabrizio e io abbiamo ufficialmente preso servizio presso il Parco del Frignano, come ricercatori faunistici nell'ambito di un progetto comunitario di studio del lupo. Cosa fa, in concreto, un ricercatore incaricato di svolgere indagini faunistiche sul campo? Si trova davanti a una molteplicità di incombenze istituzionali, doveri contrattuali, obiettivi a breve termine, a lungo termine, protocolli di indagine, metodologie standardizzate. Al di là di questo, tuttavia, esiste un solo, semplicissimo, imprescindibile presupposto al lavoro da svolgere: conoscere il territorio in cui si opera. E quindi, nel nostro caso, conoscere giorno per giorno, sempre più capillarmente, l'ambito amministrativo del Parco del Frignano e del sito di importanza comunitaria Alpesigola e Sasso Tignoso, la nostra area di studio. Si tratta di una superficie complessiva di circa 180 chilometri quadrati, che per estensione non coincide esattamente col giardino di casa. In questo territorio si trovano dislivelli variabili da circa 500 a 2165 metri sul livello del mare. Sono presenti habitat tipicamente di basso Appennino, caratterizzati da bosco misto di latifoglie e castagneti da frutto, ma anche paesaggi alto appenninici che includono valli fluviali, circhi glaciali, ripidi *canyons*, vastissime faggete, morbide cime verdeggianti e aspre vette rocciose. Questo suggestivo territorio è sorvegliato dall'imponente sagoma del monte Cimone, il più importante rilievo dell'Appennino settentrionale.

Giorno dopo giorno abbiamo percorso strade che presto sarebbero divenute familiari. Viaggiando con gli automezzi del Parco, inizialmente incrociavamo sguardi truci e incuriositi. Si era sparsa la voce del Progetto, e la gente del posto sapeva che due tizi di pianura erano in giro a fare un imprecisato lavoro di ricerca, forse addirittura a liberare lupi ovunque! Noi salutavamo tutti con uno sbrigativo cenno della mano che, dopo qualche tempo, il più delle volte veniva ricambiato. Perlomeno ci siamo fatti una reputazione passando per persone cortesi, nonostante un sacco di gente tuttora sia persuasa che il lupo sia presente in quelle zone a causa nostra, e non viceversa.

Nelle nostre perlustrazioni, abbiamo cominciato dapprima a percorrere le principali arterie di traffico, come la storica via Giardini che conduce all'Abetone. E poi l'antica via Vandelli, principalmente sterrata, ma una vera autostrada per qualsiasi mezzo a quattro ruote motrici. Abbiamo calpestato più volte i grossi sassi delle antiche vie romane, dal lastricato consunto per il passaggio degli animali da soma: la Via Bibulca, la Via Romea, la Via del Duca. E ancora la toscana Via del Diavolo, pregnante di Medioevo e meta di pellegrini. Abbiamo percorso vecchie e recenti piste forestali, carrarecce, mulattiere. A piedi, abbiamo cominciato a inoltrarci nella rete sentieristica ufficiale, segnata dal Club Alpino, e sulle vie dei carbonai, dei cacciatori, dei raccoglitori di funghi, dei bracconieri. Gradualmente siamo arrivati a costruirci una personale rete di direttrici, nell'attraversare i boschi, seguendo sempre più i crinali, principali e secondari, le creste interne alle valli, gli elementi orografici del territorio. Dopo avere acquisito sufficiente esperienza, raramente ho concluso un'uscita di campionamento senza deviare dai percorsi ufficiali, pur partendo il più delle volte da essi. Quest'ultimo, avremmo appreso, era un criterio che anche il lupo adotta nell'esplorazione del proprio territorio. E spesso, in questo modo, abbiamo ottenuto interessanti riscontri della sua presenza, trovandoci a calcare le sue orme. Conoscere l'ambiente fisico, la dimensione in cui si muove il lupo e in cui vivono le sue prede, è una necessità per chi svolge indagini che hanno a oggetto la fauna selvatica. L'applicazione delle tecniche di studio, per quanto scientificamente validata, l'utilizzo di tecnologie satellitari, e l'impiego dei più avanzati strumenti, non consentono di prescindere dal concetto atavico di esplorazione di un territorio. Perlomeno se si intende acquisire una percezione diretta di una specie, del suo habitat e delle sue necessità vitali. Alcuni studiosi definiscono questo tipo di approccio "metodo naturalistico". Il metodo naturalistico, in estrema sintesi, prevede di calarsi in una realtà naturale – in un ecosistema – dall'interno, ovvero dal punto di vista di chi lo vive e lo determina. Ciò è applicabile a maggior ragione all'ecosistema bosco, che rappresenta l'habitat in cui si è evoluta la variante europea della specie umana. L'esplorazione diretta di un territorio rappresenta, a mio personale avviso, lo strumento più efficace per sviluppare una percezione concreta, una sorta di intuitiva sensibilità del territorio stesso. Entrare in un bosco, viverlo dall'interno e lungamente, consente ad esempio di capire quanto esso sia frequentato dall'uomo, quanto sia popolato da animali, e da quali specie, e in relazione a quali risorse presenti. Consente in sostanza di elaborare la percezione del valore naturalistico di un particolare luogo, in relazione alla capacità di coglierne l'essenza, di filtrarne le risorse o di individuarne le criticità. Vivere e interpretare un territorio, elaborare una mappa mentale dello stesso, leggerne le peculiarità. Si tratta di una sensazione estremamente appagante, che risponde perfettamente alla nostra sopita ma ancora fortissima natura esplorativa. Ciò soddisfa al contempo un lato più razionale e narcisistico ma altrettanto umano, grazie alla scusa, nel caso particolare, di adempiere a una precisa missione scientifica. Durante gli anni di ricerca, ritengo che il personale di progetto e tutti i soggetti che hanno collaborato alle indagini, dalle squadre Provinciali, ai volontari, ai gruppi locali di cacciatori di selezione, siano riusciti a raccogliere una formidabile mole d'informazioni utili, sia sul lupo che sulle zoocenosi dei grandi mammiferi dell'Appennino emiliano. Dubito tuttavia che le motivazioni di ciascuno di essi si limitino a un interesse esclusivamente scientifico. Un cacciatore di selezione appenninico, per citare un esempio a caso, imbracciando uno schioppo di norma si persuade di avere un ruolo utile all'ecosistema, nel contenere chissà quali crescite demografiche indiscriminate tra le popolazioni di ungulati selvatici. Nella maggior parte dei casi si tratta di un ingenuo alibi, che in realtà nasconde il piacere di starsene nel bosco, nascosto come un predatore forte e invincibile che osserva passare le proprie prede, ne studia il comportamento di allerta, i siti di pascolo e di riposo. Anche il nostro cacciatore adora fare branco con altri cacciatori, e sentire sulla pelle la sensazione di essere, almeno in parte, ancora selvatico, più primitivo, più creatura del bosco. Gioca a fare il lupo. Ed è lo stesso spirito che anima il ricercatore, che pure si muove senza fucile, ma anche l'appassionato, l'escursionista, il boy scout. Tornare alla propria natura esplorativa ci porta a regredire quel tanto che basta per recuperare parte di uno spirito fanciullesco ormai dimenticato, ma anche a ritrovare l'essenza propria di un essere umano più antico e concreto, ancora fortemente in contatto con il proprio ambiente naturale. Si tratta di un'essenza saldamente radicata nel subcosciente della nostra storia. Lo stretto rapporto con l'ambiente naturale si è mantenuto saldo perlomeno fino al 1700, e qualche centinaio di anni di civiltà può solo in parte mitigare tale legame che, sopito e latente, tuttavia rimane. Tutte le ore, le giornate trascorse tra i boschi, scavalcando crinali, parlando coi pastori, osservando e ascoltando creature selvatiche, annusando la torba del sottobosco, e l'aroma speziato delle conifere, mi hanno regalato un piacere semplice e autentico, radicato a fondo nel mio essere, quasi istintivo. Una sensazione che richiama fortemente le "corrispondenze" descritte da Baudelaire: *"L'uomo tra foreste di simboli s'avanza [...] come lunghi echi che di lontano si confondono in un'unità profonda e tenebrosa, vasta come la notte e il chiarore, i profumi, i colori e i suoni si rispondono"*.

PARTE SECONDA

STORIE DI LUPI E DI APPENNINO

5 - Uno scrosciante battesimo

I nostri nuovissimi scarponi a ogni passo scricchiolavano in modo imbarazzante, ancora intonsi, troppo integri per appartenere a vera gente di montagna. Salivamo a Roncoglione, nome singolare ma non fittizio. Il toponimo si riferisce a un particolare incrocio di sentieri, un luogo di transizione in cui la faggeta esita, cedendo gradualmente il posto a mirtilli e ginestre, per trasformarsi poco sopra in prateria d'alta quota. È un luogo frequentato dai cacciatori, come testimoniano i resti di improvvisati falò. Giace ai piedi del monte Nuda modenese, che corrisponde a una cima che sfiora quota 1800 metri, crivellata dagli ordigni della Seconda Guerra Mondiale e incendiata dai pastori per creare terreni di pascolo. Luogo di pecore, dunque. E di lupi. Per un lupo Roncoglione rappresenta la situazione ideale per marcare il territorio, in cui numerose piste si incrociano e si concentrano diverse direttrici di passaggio. E dove un lupo marca, i biologi cercano tracce e campioni da analizzare.

Salivamo a piedi attraverso la faggeta, calpestando le foglie di novembre da poco cadute al suolo. Era la classica giornata uggiosa. Per le recenti piogge la lettiera di fogliame al suolo risultava intrisa d'acqua, scivolosa, e odorava di funghi. Diverse tonalità di grigio variegavano il cielo. Si trattava forse della nostra prima uscita di lavoro, per cui ci sentivamo piuttosto euforici e al contempo vagamente incerti. Chiacchieravamo del recente avvistamento di un lupo, che un collega aveva fugacemente sorpreso ai bordi di una radura. Il lupo era stato scorto all'incirca nel tratto che stavamo percorrendo, da cui si era precipitosamente rituffato nella penombra del bosco.

A parte gli scarponi, la nostra attrezzatura era piuttosto grossolana. Avevamo zainetti da scolari in gita, abbigliamento in cotone, in sostanza eravamo vestiti come si vestirebbe una persona di città per una scampagnata, ma non stavamo andando a un picnic, e gli Appennini ci avevano preparato una piccola sorpresa di benvenuto.

Passo dopo passo usciamo dal limite del bosco. Iniziamo a ispezionare i primi crocevia. Una volta giunti in un luogo sufficientemente distante da qualsiasi decente riparo, sopra le nostre teste comincia a precipitare una gelida pioggerella, fitta e insistente, che aumenta man mano di intensità. In breve si trasforma in un'ineluttabile, scrosciante doccia che ci travolge in pieno. Ingenuamente schieriamo in nostra difesa una dotazione da escursionisti in erba. Un poncho impermeabile costituisce la nostra arma migliore. Come è facile immaginare, dopo qualche istante ci ritroviamo completamente fradici. Il cotone dei pantaloni si irrigidisce, rendendo particolarmente disagevole ogni movimento. Il vento soffia più deciso, e lancia verso di noi fredde gocce di pioggia. Infilare il poncho sulla testa assume i connotati di un'impresa di demenziale difficoltà, che ci induce a sperare di non essere osservati. Il leggero tessuto sintetico del poncho si agita al vento, si bagna a propria volta e si appiccica alle nostre facce. La pioggia cade su di noi con indifferente determinazione. Una volta indossato fortunosamente l'indumento, per un attimo mi convinco di essere protetto dalle intemperie. Basta poco per accorgermi di quanto sia precipitosa questa valutazione: sul lato interno del poncho si forma una condensa più bagnata delle gocce che scorrono all'esterno, e dalla falda, che camminando tocca le tibie e i polpacci, l'acqua prende a colare con inesorabile determinazione negli scarponi, bagnando completamente i calzini, e quindi i piedi. L'importanza di uno scarpone risiede in poche, semplici caratteristiche quali l'ergonomicità della calzata, la tenuta della suola su terreni accidentati, e l'impermeabilità. Perché camminare a lungo con i piedi a bagno è estremamente spiacevole e provoca vesciche. Grazie alla deleteria complicità del maledetto poncho, le nostre costose calzature sfoggiano l'impermeabilità di una pantofola in lana, e si riempiono d'acqua come otri alla fonte. Nota positiva: finalmente i nostri passi cessano di produrre scricchiolii, e gli scarponi da poco inaugurati non sembrano più tanto nuovi. La pungente brezza completa il quadro, mentre le nostre carni assumono una temperatura e una consistenza affine a quella di quarti di bue in una cella frigo.

Rincasiamo senza acciacchi né raffreddori. Tutto sommato prendiamo l'episodio con ironia, e scopriamo che in definitiva è stato divertente affrontare l'escursione in montagna sotto il temporale. Ci è piaciuto. Presso Roncoglione – e mai nome fu più indovinato, date le circostanze – riceviamo il nostro battesimo. Intuiamo di essere affascinati dalla vita all'aperto esattamente come ci aspettavamo. A partire da quel momento si innesca in noi un processo che ci renderà ben più rustici, fisicamente più sani, temprati, resistenti. Ha inizio un percorso che risciacquerà via un poco ogni giorno la cattività a cui siamo stati sottoposti fin dalla nascita. Da quel giorno diviene in noi prepotente il desiderio di respirare a pieni polmoni tutto ciò che ci circonda, e che profuma di sano e autentico. Grazie al lavoro di biologo mi sono trovato nella privilegiata situazione di poter espiare le lunghe ore di una vita trascorsa in una stanza. Dapprima sui banchi di scuola; poi ai tempi dell'università, seduto lungamente a un tavolo con un libro sempre nuovo da studiare; infine al lavoro, in un ufficio. Ho avuto l'occasione di riappropriarmi del rapporto con le stagioni, e con modi di vita ormai del tutto inusuali. Tutti quanti trascorriamo gran parte del nostro tempo al chiuso, più di qualunque altra generazione ci abbia preceduti. Abbiamo quasi sempre un tetto sulla testa e siamo circondati da muri. Una giornata di sole e quei rari momenti in cui l'aria diviene all'improvviso percettibilmente fresca, leggera, profumata e frizzante, come al preludio della primavera, ben poco ci toccano. Il nostro rammarico da prigionieri si riduce a un fugace sospiro davanti a una finestra. Ce ne stiamo imprigionati in un clima artificiale, e ci concentriamo maggiormente nel sospirare il nostro desiderio di uscire piuttosto che, più semplicemente, concretizzare la nostra libertà di farlo. Fin da molto piccolo, ben prima della laurea in biologia, avvertivo una forte sensazione di perdita ogni mattina in cui mio nonno mi accompagnava all'ingresso della scuola elementare, e poi se ne andava a zonzo a propria totale discrezione, mentre io mi vedevo costretto per qualche ora a osservare il mondo da una vetrata anziché sporcarmi le mani, i piedi di terra ed erbe ruvide di campo. Per compensare questa limitazione mi industriavo di passare quanto più tempo possibile giocando all'aperto, estate e inverno, rientrando in casa solo col buio, sempre paonazzo, sudato fradicio, e sempre più in salute. Analogamente a chi riscatta anni universitari di contributi non versati, ora avevo l'occasione di espiare le mie ore di prigionia, e intendevo farlo, senza eccezioni o sconti.

I fuoristrada rappresentano uno strumento essenziale nel compiere indagini in un'area di 180 chilometri quadrati, se non altro per raggiungere i punti di accesso ai sentieri, che spesso costituiscono la prosecuzione di una strada sterrata. La nostra religione, tuttavia, è stata un'altra. Un culto da praticare a piedi, in cui gli oggetti liturgici – i nostri migliori compagni di lavoro – sono stati più di ogni altro i nostri scarponi e un robusto zaino. Le aree forestali, i crinali, le valli secondarie nella maggior parte dei casi non sono accessibili agli automezzi. Personalmente ritengo che ciò sia decisamente un bene. I boschi e le aree montane devono essere raggiunti camminando, perché è questa la chiave d'accesso che consente di coglierne l'essenza. A piedi non c'è nessun rumore di motori a coprire i suoni circostanti. I luoghi attraversati si rivelano nei loro tratti più autentici, e possono essere percorsi con la consapevolezza propria dell'escursionista, del viaggiatore, del ricercatore in senso lato, più che del semplice turista.

Abbiamo avuto ottimi motivi per starcene tra i monti, e abbiamo assaporato il faticoso piacere di rimanervi sia d'estate che d'inverno, sia di giorno che di notte. Il nostro lavoro di ricercatori consisteva nell'applicazione di una serie di tecniche indirette di monitoraggio, reciprocamente complementari e dal nome immancabilmente anglofono: *wolf-howling*, *snow-tracking*, *vantage point survey*, *pellet group count* su *strip transect*, *point framing*. La nomenclatura è in inglese, perché parecchie tecniche sono state messe a punto negli Stati Uniti o in Inghilterra, e perché l'inglese è la lingua di riferimento per le pubblicazioni scientifiche. Di seguito aprirò degli scorci su tali metodologie di indagine, e più in dettaglio sull'ambito di applicazione delle stesse. Per evitare di cedere al tecnicismo, tuttavia, glisserò volutamente su fuorvianti approfondimenti metodologici, toccando solo gli aspetti maggiormente funzionali alla narrazione.

L'applicazione delle tecniche di indagine ha seguito una successione stagionale che copriva l'intero arco annuale, in relazione alle condizioni fisiche dell'ambiente e alla biologia del lupo. Ciò ha talora coinciso con l'esperimento di alcune "dimensioni", microcosmi appenninici, contesti spazio-temporali reali ma dai connotati velatamente metafisici. L'intersecarsi delle azioni di ricerca ci ha consentito di indagare specifici ambiti, aspetti fondamentali dell'universo lupino in grado di trasmettere un sapere, una consapevolezza, una sensibilità irrazionale e intuitiva dell'ambiente appenninico che travalica e integra le nozioni scientifiche acquisite. Allo stesso tempo per noi è stato come fare due passi indietro nell'evoluzione degli stili di vita dell'uomo, recuperando una rusticità e una confidenza con l'ambiente esterno, che da sempre abbiamo condiviso con il lupo, e che attraverso il lupo abbiamo avuto la possibilità di apprezzare nuovamente, come reminiscenze di una storia inscritta nell'archetipica memoria sensoriale della specie umana.

6 - Tagliole

Il nostro primo alloggio si trovava a Tagliole, lo stesso borgo che tante volte avevamo attraversato nelle attività di volontariato sul lupo. Si trattava di una vecchia scuola adibita a dormitorio, le aule trasformate in camerate con letti a castello accostati alle pareti. A Tagliole non c'erano forme di svago e nessuna particolare comodità, se si esclude il riscaldamento. Poche distrazioni, molto silenzio, e un ambiente a dir poco essenziale. Uno stanzone con lunghi tavoli da colonia parrocchiale fungeva da sala da pranzo. Un cucinotto con grandi padelle in alluminio appese ai muri, e scaffali con vari generi alimentari lasciati dagli ospiti estivi, ma ormai era novembre. L'unico vero lusso, la televisione, riceveva pochissimi canali, dal palinsesto di una noiosità esasperante. In quel periodo la mediocrità delle trasmissioni è stata decisamente di aiuto per disintossicarci dall'assuefazione al piccolo schermo. Nel periodo trascorso a Tagliole raramente la televisione è rimasta accesa per più di mezz'ora di seguito.

Tagliole era ai nostri occhi una locanda con grandi stanze vuote. Ciascuno di noi, e in seguito ciascuno dei nostri studenti, aveva adottato un proprio letto a castello nella camerata più accogliente. Utilizzavamo il materasso superiore per dormire, mentre l'inferiore fungeva da scaffale. I nostri averi, tutto il necessario per una settimana di lavoro, stavano comodamente in uno zaino. Le attrezzature erano presso la sede del Parco, per cui ci limitavamo a lasciare a Tagliole l'abbigliamento e i generi di prima necessità. Un trasloco completo in una diversa sede nel nostro caso sarebbe durato pochi minuti. Per chi vive in città il rumore è una presenza costante. C'è sempre frastuono intorno a noi. Il rumore è immanente come l'aria, anche se siamo abituati a filtrarlo, a selezionare, a reagire solo ad alcuni suoni, parole, stimoli. Rumore negli uffici, nelle fabbriche, nelle case. Anche di notte i rumori ci circondano: macchine che passano, il frigo che vibra, una lavastoviglie, una caldaia, lo scaldabagno. Siamo talmente abituati al rumore che addirittura lo cerchiamo. Gente che parla, radio sempre accese, televisioni, telefonini, musichette, suonerie, stereo, lettori CD o mp3. Se c'è un momento vuoto, subito provvediamo a riempirlo con qualcosa di musicale o rumoroso. Il successo delle autoradio ne è un ottimo esempio. Anche i momenti di riposo o svago sono subordinati a una colonna sonora, e ci convinciamo che sia perché ci piace la musica, perché ci distrae. La maggior parte delle volte che si ascolta musica, in effetti, non si sta realmente ascoltando, ma creando un sottofondo. Abbiamo perso familiarità col silenzio, l'assenza di rumore ci mette a disagio.

A Tagliole, dopo le nove di sera, il silenzio era assordante. Inizialmente l'insolita quiete serale ci provocava un senso di straniamento. Personalmente vivevo un ingiustificato stato di allerta, tipico di chi non conosce un luogo, non ha consolidato un nuovo modo di vivere e non si fida troppo. Fabrizio, ben più avvezzo alla vita mondana di città, a volte manifestava un disagio palese, forse abituato a uscire con gli amici anche nel corso della settimana. Essendo solo in due, sempre insieme, e dovendo ancora rodare la nostra forzata convivenza, dopo il lavoro finivamo per ricercare momenti in cui raccoglierci un poco con noi stessi, e mantenere vivi i rapporti personali che vivevamo fino a pochissimo tempo prima. Dopo cena telefonavamo agli amici, a casa, alla ragazza. Io facevo ginnastica, cosa peraltro inutile per chi si muove tutto il giorno. Si trattava di una fase di transizione. Tentativi di riempire una fascia oraria che eravamo entrambi abituati a gestire diversamente. Le prime settimane ci capitava anche di uscire per effettuare verifiche notturne, il più delle volte immotivate. Un vecchio cane pastore tedesco, a guardia dell'albergo Monte Nuda, era solito attaccare con strazianti ululati proprio quando ci si infilava sotto le coperte. Non avevamo ancora sufficiente esperienza, per noi avrebbe potuto essere un lupo. E allora via, giù dalle brande, di nuovo vestiti di tutto punto e poi sul fuoristrada a perlustrare i dintorni, nella speranza di poter vivere un incontro notturno con il branco. Scendevamo dalla macchina per verificare ogni impronta sospetta. Poco a poco abbiamo assorbito i suoni delle notti a Tagliole, imparato a riconoscerli singolarmente. Abbiamo compreso come scandire un nuovo ritmo di vita. Così tutto è divenuto più semplice, silenzioso, essenziale. Dopo cena, a distanza di un paio di mesi, avevamo ormai una nuova consolidata routine. Si preparava e consumava la cena. Si lavavano i piatti, a turno o insieme. Dopo una doccia, ciascuno faceva una telefonata. Poi ci si prendeva un momento di svago, leggendo il giornale, un articolo scientifico, un libro. Dopo qualche tempo è comparso uno stereo portatile, l'unico lusso degno di questo nome che ci siamo concessi. Quello stesso stereo ci ha in seguito accompagnati nelle notti estive, riproducendo centinaia di ululati. La musica era il nostro vero svago. Fabrizio ha suonato la chitarra per anni, ed è un valido conoscitore del panorama musicale. In quelle sere a Tagliole mi ha insegnato un sacco di cose, suonando, ascoltando o commentando una canzone, un assolo, un particolare attacco strumentale. Ogni tanto scrivevamo qualcosa, pensando a qualcuno rimasto a casa. Il silenzio del nostro alloggio conciliava i rapporti epistolari. Un modo per essere vicini a chi era distante, per focalizzare uno stato d'animo, o il periodo che stavamo vivendo.

Fabrizio e io, e successivamente i nostri studenti, parlavamo necessariamente molto, di grandi stupidate, di argomenti seri, di quello che succedeva a casa. Si chiacchierava di argomenti di cronaca, o delle preoccupazioni del momento. Di preoccupazioni ce n'è sempre una, ma le nostre spesso rimanevano distanti, e da lassù era più facile valutarle secondo la prospettiva più corretta. È capitato spesso di pestarci i piedi a vicenda. Del resto in quel periodo stavamo assieme sia durante l'orario lavorativo, sia dopo. Paradossalmente, molto più di quanto facciano parecchie coppie sposate. Niente ci scappava più, ciascuno di noi coglieva al volo, e senza bisogno di domande, lo stato d'animo dell'altro. Il nostro lavoro ci imponeva un affiatamento impeccabile, che abbiamo ottenuto non senza scontri, ma sempre con grande stima e rispetto reciproci. E dopo che una conversazione era degenerata in un più acceso confronto, dopo avere chiarito ciò che andava chiarito, ci siamo sempre porti reciproche scuse, come due *karateka* che al termine della tenzone si rivolgono un inchino. È allora che siamo diventati un'efficace squadra di lavoro, ma non solo. Una delle cose che posso dire con serena consapevolezza è che quell'esperienza mi ha regalato un grande e solido amico che mi ha insegnato nei fatti come l'accordo, l'armonia non si raggiungano a priori, senza contrasti, ma solo superando ciascun singolo problema nel dialogo e nel reciproco rispetto. Una lezione esemplare, che può essere applicata a vario livello tra le persone, e a ogni genere di rapporto umano.

Vicino alla nostra lussuosa magione abitavano Vito e la Flavia. Vito è un maestro di sci, dall'aspetto molto simile a quello di Obelix il Gallo. Forte come un vichingo, baffi a manubrio, ventre rotondo. Cordiale ed estroso, Vito nasconde un'identità segreta. Con alcuni amici, sotto le mentite spoglie del professor Eno Viti, ha scoperto – o meglio: inventato – il Foionco, un animale di fantasia. Da bravo professore, si è premurato di stilare un trattato sull'argomento, con immagini e dettagli comportamentali. Per una curiosa circostanza l'invenzione del Foionco è stata in seguito registrata, a scopo pubblicitario, da una nota casa vinicola. Ovviamente a sua totale insaputa. La Flavia, d'altro canto, è la vera nativa del luogo. Se Tagliole fosse in Nord America, lei sarebbe un Lakota Sioux. Ha un'enorme esperienza dei luoghi, ma soprattutto della fauna locale. È in grado di seguire un cervo per ore, ha partecipato a numerosi studi e interventi gestionali, collaborando con la Provincia di Modena. Ama visceralmente gli animali selvatici, e li accudisce con una dedizione davvero rara. Un pacato angelo custode con un'insospettabile energia, in grado di trascorrere solitarie notti nel bosco. O di ricondurre alla ragione anche i più scalmanati soggetti che imbracciano un fucile, senza mai alzare la voce. La Flavia è un personaggio incredibile, e da sola meriterebbe un libro. Non è escluso che tale libro non possa, un giorno, essere dato alle stampe. C'erano altri vicini a Tagliole. Ne ricordo uno, in particolare. Talvolta, a ora di cena, sentivamo in lontananza arie d'opera, declamate con voce stentorea. Era strano e bellissimo ascoltare la lirica dal vivo, al ritorno dal lavoro. Era il tenore Brugioni, che abitava poco distante. Brugioni gestiva uno dei rifugi presso il Lago Santo. Una persona dal fare energico, sempre cordiale, che non mancava di fermarsi per scambiare due parole con noi, ultimi arrivati dell'amena Tagliole.

Durante il nostro periodo a Tagliole ho maturato la convinzione che quelle siano state davvero le condizioni ideali per sviluppare una ricerca, addentando sul campo ogni giorno le stesse esperienze, confrontandoci con le stesse problematiche. Elaborando di volta in volta soluzioni nuove. Imparando a organizzarci per ottimizzare il lavoro di tutti nel lavoro di ciascuno, nel perseguire un condiviso obiettivo comune. Parecchi studenti in seguito hanno chiesto di sviluppare la tesi di laurea all'interno del nostro progetto. Solo coloro che sono riusciti a condividere tutto ciò con noi, dedicandovi tempo ed energia, hanno infine conseguito il proprio traguardo accademico, arricchendo sensibilmente il proprio bagaglio di vita vissuta. Un traguardo ben più ampio di un elaborato di tesi. Chi vi ha investito una disponibilità solo parziale, non ha infine compreso appieno il contesto in cui si stava muovendo, e si è fermato. Ogni grande obiettivo, in questo caso un'esperienza di ricerca sul campo, presuppone a priori un briciolo di puro, patologico fanatismo, che qualcuno potrebbe tradurre come "una grande passione". E in ogni contesto bisogna darsi il tempo di capire, di elaborare un orientamento. Come è successo a noi, con il lupo. Abbiamo compreso nei fatti che nessuno potrà mai studiare davvero i lupi, a dispetto di qualsiasi diavoleria tecnologica o satellitare, senza percorrere con le proprie gambe le stesse strade che anche i lupi percorrono. Non arriverebbe mai a capire l'essenza lupina, fatta di perlustrazione, passi, odori. Senza graffi e fatica nessun lupo si rivelerà all'uomo.

7 - Canto della neve

Solo in montagna l'inverno è davvero inverno. Ciò è tanto più vero in provincia di Modena. Solo tra i monti l'inverno dispiega la propria essenza, seppure più blandamente che in passato. Le cime innevate, il silenzio ovattato dei boschi, i rami dei faggi piegati dalla neve fino a toccare il suolo. Gli abeti, verdi di sfida, che non si arrendono al letargo e si scrollano di dosso la coltre nevosa al primi raggi di sole del giorno. Niente a che fare col cronico, malsano grigiore della pianura.

Rispetto alle zone alpine l'Appennino presenta un piccolo ma sostanziale vantaggio: molto raramente si raggiungono condizioni climatiche davvero estreme. Il freddo non è eccessivo, il rischio di valanghe è pressoché trascurabile, solo pochi rilievi montuosi presentano pareti che rasentano la verticalità delle cime alpine. Questo può annoiare qualche tosto alpinista, dissuadere uno sportivo dell'estremo, ma di certo offre un'impareggiabile accessibilità del territorio, alla maggior parte degli escursionisti e pressoché in tutte le stagioni. Basta qualche precauzione, comodi scarponi, un po' di allenamento, e chiunque è in grado di raggiungere una vetta o di compiere gratificanti passeggiate, persino in pieno inverno. Per le ciaspolate – escursioni invernali con le racchette da neve – pochi ambienti risultano gratificanti come l'Appennino. Lo sci-alpinismo vi trova un'ideale palestra per tranquilli allenamenti all'aria aperta. La presenza di condizioni non estreme costituisce un notevole vantaggio anche per la fauna. I cervidi raggiungono condizioni fisiche nettamente migliori rispetto alle popolazioni alpine. Poiché l'inverno è meno rigido, è maggiore la disponibilità di cibo. I lupi d'altro canto possono disporre di prede selvatiche in abbondanza. Nonostante la neve, riescono a effettuare le consuete ispezioni del territorio apportando solo modeste variazioni rispetto alle abitudini estive. La credenza che i lupi in inverno scendano nei paesi, a causa delle nevicate invernali, non trova concreti riscontri nelle indagini sulla specie. Di certo il lupo non ha l'abitudine né le capacità per mettere sotto assedio un villaggio con intenti famelici, anche se in alcune zone è tentato dai rifiuti delle nostre cucine. I lupi impostano i propri spostamenti di caccia in funzione delle prede, e si rivolgono verso le aree, anche in quota, in cui gli ungulati tendono a soffermarsi. Ambienti come un'abetaia o una pineta, in cui il manto nevoso sul terreno è meno spesso, ed è più sicuro per un capriolo riposare nella neve, o fuggire in caso di pericolo. Il lupo non teme la neve, ha piedi con una larga superficie di appoggio, polpastrelli ispessiti, unghie forti, che fanno buona presa anche sul ghiaccio. Ha una pelliccia invidiabile, composta da differenti strati di pelo con caratteristiche differenziate. Trattiene il calore, disperde l'umidità e protegge il corpo dagli agenti esterni. Gli ungulati al contrario hanno zampe sottili, sono formidabili saltatori, capaci di brucianti accelerazioni, ma con la neve alta sono svantaggiati nella corsa, e molto più esposti a eventuali attacchi. Abbiamo più volte avuto modo di studiare le tecniche di caccia del lupo su neve, con particolare riferimento al capriolo. Gli attori di questa cruda rappresentazione sono solitamente una coppia di lupi. La strategia è letale, quando la preda viene sorpresa mentre riposa nella neve. Quando i lupi ne percepiscono l'odore si separano. Uno punta dritto alla preda, l'altro l'aggira in modo da sbarrarne la via di fuga, opposta alla direzione di provenienza del primo lupo. L'azione è fulminea, e il malcapitato animale viene azzannato, bloccato entro un raggio di due metri dal proprio improvvisato giaciglio. Nella nostra esperienza non abbiamo riscontrato sui caprioli il solito morso alla gola, che taluni interpretano come prerogativa dei lupi. Piuttosto abbiamo frequentemente osservato un foro netto su ciascuna guancia, come un colpo di proiettile, lasciato dai lunghi canini attraverso un morso dal basso, sotto la mandibola della preda. Avremmo appreso in seguito che il morso inferto con una particolare inclinazione, incastrando i canini inferiori sotto la gola e quelli superiori sulla guancia, agisce sul nervo seno-carotideo, provocando l'improvvisa perdita di coscienza del capriolo, che crolla come un pugile colpito al mento, e rapidamente si spegne senza subire la pena di essere divorato vivo. La vittima è consumata sul posto, a più riprese, anche per un paio di giorni. Sulle tecniche di caccia, Fabrizio è riuscito a scattare un'interessante serie di fotografie che conferma le nostre ipotesi, lasciando ben pochi dubbi in proposito. Con le prede di maggiori dimensioni la strategia cambia decisamente. In tal caso l'attacco del lupo non è tanto finalizzato a uccidere la preda all'istante, quanto piuttosto a ferirla, renderla vulnerabile, per poi condurla allo sfinimento in un lungo, incalzante inseguimento. Abbiamo avuto modo di constatare tale comportamento sul cinghiale. Ricordo una bellissima tracciatura su una cresta sormontata da ampie lagacce, conche erbose spesso frequentate dagli ungulati, intrise d'acqua a primavera. Seguivo una promettente fila di impronte, che saliva diritta lungo un angusto sentiero tra i faggi. Nel giro di qualche centinaio di metri, da un'unica linea di orme si separano i percorsi di uno, due, tre, cinque individui. Sto seguendo il branco. Arrivo in una zona fortemente calpestata, dove pare i lupi abbiano giocato. Trovo segni di pipì alla base di alcuni tronchi, sulla neve tre cacche e molte impronte. Con enorme fatica cerco di interpretare la matassa dei tracciati per capire quale sia la direzione di allontanamento dei lupi. Credo di trovarla, e prendo a seguire le orme. Sulla neve sono impresse anche numerose impronte di cinghiale. Forse non si trattava di giochi, ma di un'azione di caccia. Seguendo le tracce scopro nella neve una scia vermiglia di gocce di sangue. Sangue fresco. Forse se ne sono andati davvero da poco. Nel caso del cinghiale i lupi attaccano la preda ai fianchi, o azzannano alle zampe posteriori. Il cinghiale è molto più forte, e la bocca è armata di zanne temibili. Un morso, o un improvviso colpo del muso potrebbe facilmente spezzare le costole a un lupo adulto, o aprirgli un fianco. Allora i lupi evitano lo sconto diretto, e feriscono da dietro, in profondità. Continuo a seguire la pista. Il branco mi porta a scendere da un versante, e quindi ad attraversare un torrente per poi salire sul versante opposto. E poi di nuovo a scendere, a risalire sulla cresta, calare dalla parte opposta, imboccare un sentiero, e ancora avanti. La traccia è screziata di rosso. L'inseguimento spinge i lupi a rompere la solita formazione in fila indiana, più funzionale durante la marcia nella neve alta. Spezzando la fila, i lupi descrivono sul terreno diverse asole, che mi consentono di contare gli individui, ho così la conferma che si tratta di cinque animali. Spero di incontrarli, ma anche questa volta non sarà così. Stare alle calcagna di un branco in caccia, su una pista di sangue, è al di sopra delle mie possibilità di bipede. Il crepuscolo si avvicina, è tempo di rientrare.

Più raramente rispetto alle Alpi, anche in Appennino può succedere che si riscontrino condizioni potenzialmente rischiose. Quando le condizioni meteorologiche sono particolarmente avverse, ad esempio. In tali casi l'inesperienza o un equipaggiamento inadeguato possono creare seri problemi. Ricordo un'uscita su neve con Davide, presso cima Tauffi. Una giornata luminosa, tersa, ma particolarmente ventosa. Ci avviciniamo alla cima attraverso un sentiero nel bosco. Finché restiamo protetti dai faggi, il vento non rappresenta certo un problema. In prossimità della vetta usciamo allo scoperto. La situazione peggiora. Ci sferza un vento violentissimo, che si materializza in nebulose strisce di cristalli di ghiaccio, riccioli strappati dalle ripetute raffiche sul filo del crinale poco distante. Proseguiamo. Il tratto che ci separa dal sentiero "00", spartiacque con la Toscana, è a poche centinaia di metri. Una volta raggiunto saremo sottovento, mentre ora siamo completamente allo scoperto. Calziamo i ramponi, e chiudiamo le cerniere delle giacche. La mia è decisamente specialistica. Si tratta di una giacca alpinistica senza imbottitura, un elastico guscio in *scholler* dalle forme ergonomiche, che avvolge il corpo come un guanto. Una giacca pensata per condizioni estreme, troppo tecnica per fare davvero al caso mio, perlomeno fino a ora. Parecchie volte in precedenza mi sono rammaricato di un acquisto che ritenevo avventato. L'indumento dispone di due fettucce collegate a robusti elastici. Tirando le fettucce la giacca si incolla al corpo, cappuccio compreso. Mi accorgo che forse è il caso di ricorrere per la prima volta a tale espediente. Tiro energicamente le fettucce. Con un pratico, rapidissimo gesto mi ritrovo blindato all'interno della giacca. Ora capisco appieno il sinonimo di "guscio" che le viene attribuito. Non passà uno spiffero, nemmeno girando la testa per controllare la posizione di Davide. Anche il cappuccio aderisce al viso, e asseconda perfettamente i movimenti del collo. Davide è chiuso in una giacca militare che non adotta analoghe soluzioni tecniche, ma dal suo sguardo si intuisce che se la caverà egregiamente. Man mano che ci avviciniamo alla cima, e al crocevia che ci condurrà nuovamente sottovento, la spinta dell'aria aumenta, e ci trafigge gli occhi con aghi di ghiaccio. Il vento raggiunge una velocità pazzesca. È impossibile stare in piedi. Siamo costretti a incedere approfittando dell'inerzia tra una raffica e l'altra. Qualche rapido passo, e poi in ginocchio, per affrontare la raffica successiva. Puntellati sui bastoncini e coi ramponi saldamente conficcati nella crosta nevosa, stiamo girati di schiena per offrire al gelido morso del vento solo l'inerte massa dello zaino. In tal modo, a più riprese, ci trasciniamo al riparo. Se non avessimo avuto i ramponi, i bastoncini, e anche la mia tecnicistica giacca, non sarebbe andata così bene.

Una situazione altrettanto peculiare, e tendenzialmente molto insidiosa, è rappresentata dalla nebbia in quota. Ovvio che in senso stretto non si tratti di nebbia, ma di nubi basse che avvolgono le cime. L'effetto in ogni caso è identico: una fitta foschia offusca anche di parecchio la normale visibilità. Per l'escursionista si genera una condizione di forte disagio, particolarmente infida sulla neve, che si confonde con l'atmosfera, divenuta altrettanto lattescente. A maggior ragione se ci si trova in spazi aperti, dove mancano sostanziali punti di riferimento. In tali circostanze è facile smarrire la strada e rimanere disorientati. È un rischio che ha corso addirittura Fabrizio, in uscita con Riccardo. Durante la percorrenza di un sentiero, prossimi alle radure sommitali, sono stati sorpresi da improvvise nubi a bassa quota che hanno azzerato la visibilità. La loro indiscutibile esperienza, e la capillare conoscenza dei luoghi, sono bastate a levarli d'impaccio. Pur con qualche ritardo, sono tornati sani e salvi alla base. Al rientro ci hanno tuttavia confessato di avere passato un temporaneo momento di reale disorientamento. In tali casi sono ancora una volta le caratteristiche dell'Appennino – montagna sì, ma placida – a togliere d'impaccio. Per l'assenza di reali barriere orografiche, solitamente basta seguire la vecchia regola: "Se ti perdi vai verso il basso!". Così facendo, inevitabilmente si incontra un sentiero, poi una strada, poi un paese, e quindi un telefono. Il gioco è fatto. Alla vecchia regola oggi se ne aggiungono di nuove: GPS satellitari, telefonini, dispositivi di localizzazione, ma non è questa la mia storia.

Parecchie volte mi è capitato di accumulare stanchezza nei giorni di neve. Una stanchezza prettamente fisica, che non ha niente a che vedere con l'affaticamento dovuto ai mille pensieri di una vita d'ufficio. Capitava di lavorare fino a tardi, e di camminare molto, per più giorni di fila. Talvolta il corpo necessitava di un piccolo intervallo di recupero, il classico pisolino di dieci minuti. Su neve questo può diventare un problema, ma solo per chi non ha fantasia. Un mattino di gennaio, o giù di lì, mi toccava un giretto piuttosto lungo che seguiva una linea di crinale, e raggiungeva diversi punti potenziali di intersezione con le piste dei lupi. Abbandonando per una volta le racchette da neve, mi ero deciso a percorrere l'itinerario con sci da escursionismo, dotati di ruvide strisce di tessuto sintetico (le cosiddette "pelli"), che consentono la progressione su neve anche in salita. Fabrizio mi scarica all'attacco del percorso, calzo gli sci e parto, strisciando pazientemente un passo avanti all'altro. Dopo un paio d'ore di cammino, mi fermo per consumare uno spuntino a base di frutta secca e bere un sorso d'acqua. In breve sento calare una sorta di sonnolenza, accentuata dal silenzio del bosco e da un cinguettio discreto, una sorta di acuto, dimesso pigolare tra i rami di faggio. Senza sganciare gli sci, pianto i bastoncini nella neve, verticalmente, quindi piego le ginocchia di novanta gradi, reclinandomi all'indietro fino ad appoggiare la schiena al suolo, con lo zaino ben stretto a contatto col terreno, a formare una sorta di panca che isola le spalle dal manto nevoso. Mancano ancora parecchie ore al crepuscolo e la temperatura non è pericolosamente rigida. In effetti non mi pare rigida per niente. Probabilmente è sopra lo zero di qualche grado. Niente che possa comportare rischi di congelamento. E poi c'è un'atmosfera particolare nel bosco, una quiete che merita di essere assaggiata per alcuni attimi, prima di riprendere il lavoro. Il mio abbigliamento compie egregiamente il proprio dovere, il freddo è l'ultimo dei miei pensieri. La pancia è piena. Assorbo quel silenzio cinguettato, mi abbandono a esso, chiudo gli occhi trattenendo l'immagine dei tronchi di faggio protesi verso il cielo, sopra di me. Mi addormento per un paio di minuti. Qualcosa mi induce a riaprire gli occhi. Su uno dei bastoncini una cincia mi studia, probabilmente attratta dalle briciole della frutta secca ai miei piedi. Resto fermo, gli occhi socchiusi. Reclinando la testolina tonda, mi osserva ancora un poco dal bastoncino, con rapidi movimenti nervosi. Saltella al suolo, ruba alla neve una briciola e frulla altrove, tra i rami. Sorrido. Ho le mani calde, le orecchie pure. Solo il naso è freddo, ma questo è normale. Dopo aver controllato l'ora mi decido a ripartire. Mi sento bene, la sonnolenza è passata, e le gambe hanno di nuovo voglia di condurmi verso l'alto. Mi allontano con il pigolare delle cince, che mi piove sulla testa come neve leggera, come la fugace carezza di un bosco accogliente e silenzioso.

Sono parecchie le foto in cui io, ma anche Fabrizio e altri colleghi, siamo sulla neve in maglietta a mezze maniche. Queste foto di solito suscitano commenti affascinati o strafottenti: "Volete far vedere di avere il fisico?". Il lavoro su neve in realtà quasi mai implica il problema del freddo, molto più frequentemente l'opposto. Provare per credere. Il nostro abbigliamento medio invernale prevedeva una maglietta, un pile, e una giacca senza imbottitura, a fungere da guscio esterno contro il vento e le intemperie. Così bardati, muovendosi con le racchette da neve su e giù dai fianchi di una montagna, si corre il serio rischio di sudare. La racchetta impone un passo più divaricato e difficoltoso, la neve disperde buona parte dell'energia di un passo, e cede sotto il peso del corpo. L'incedere è dannatamente più faticoso, specialmente in salita. Lo schienale dello zaino, durante lo sforzo, condensa il calore e la traspirazione bagnando la schiena, e il freddo trasforma una maglietta sudata in un indumento piuttosto fastidioso alle basse temperature. Per tali motivi abbiamo adottato magliette di materiale sintetico, pensate per gli sport invernali, in grado di concentrare più efficacemente il calore corporeo, e al contempo disperdere molto rapidamente il sudore, mantenendo la pelle asciutta. Ecco svelato il segreto delle foto. Nei tratti in salita talvolta ci si muoveva con le sole magliette, limitando in tal modo la sudorazione, per poi coprirci una volta fermi, o in discesa, per difenderci dal freddo. Il semplice fatto di essere in Appennino anziché sull'Himalaia ha reso vincente tale formula, che consiglio vivamente anche ai freddolosi, magari raddoppiando i pile e aggiungendo guanti e berretto. Del resto la temperatura è un dato oggettivo, misurabile, mentre il freddo dipende da una percezione soggettiva, che si rivela differente per ciascuno di noi. Chi si muove, tuttavia, difficilmente ha problemi di freddo alle nostre latitudini e sotto i duemila metri, nonostante il parere del termometro.

Inseguendo il lupo abbiamo percorso diverse centinaia di chilometri su neve, letteralmente. Abbiamo imparato molte cose nel silenzio di un bosco innevato, o al ritmo dei passi scricchiolanti di un paio di scarponi che comprimono il manto nevoso. Diverse cose potrei aggiungere per descrivere il nostro profondo rapporto con l'elemento neve, e le attività di tracciatura. Potrei raccontare delle impronte degli animali, riportare aneddoti, denunciare come i bracconieri si muovano impudentemente sulle motoslitte, per cacciare nel Parco. Preferisco tuttavia usare un'altra formula. Anche a rischio di sembrare autoreferenziale, riporto un brano che io stesso scrissi durante il LIFE, poiché trovo che riassuma con particolare efficacia il senso della nostra esperienza invernale: *"Non sai mai come succeda, eppure succede. Accade in modo sempre diverso. A volte quando e dove te lo aspetteresti, a volte dove non avresti immaginato. Guardi la neve per ore, la calpesti, la respiri, la bevi, la interroghi, la maledici. Poi loro, i lupi, ti lasciano un indizio, una traccia, e sai che sono passati esattamente in quel punto. Benedetta neve. Accade, e questo cambia tutto. Il fatto è che lo snow-tracking – la tracciatura su neve – a volte è stupendo, altre duro, veramente duro, altre ancora entrambe le cose, e non sapresti dire quale dei due aggettivi prevalga. Funziona più o meno così: ci si alza il mattino e si sguscia fuori da coperte calde che proprio non vogliono lasciarti andare. Ci si veste a strati, come carciofi. Sì, proprio come carciofi, le foglie spesse e coriacee all'esterno, quelle sottili all'interno. Serve per regolare la temperatura, perché ci si possa difendere dal freddo, dal vento dei crinali, gelido e affilato, ma anche spogliare ai raggi caldi del sole, che spesso scalda e a volte scotta, anche in inverno. Si prepara lo zaino, contenente lo stretto necessario: ramponi, racchette, cibo, acqua, contenitori per campioni biologici, etanolo, sacchetti, etichette, schede. Lo stretto necessario, che proprio "stretto" non è mai, perlomeno a sentire il parere della schiena. Si carica il fuoristrada, si raggiunge il punto di partenza. Il resto è neve, salite, fatica, panorami mozzafiato, discesa, orme, sole, nubi, vento. Per chilometri. Per ore. Per giorni, mesi, inverni. Si cammina, e si fatica. Ci guida una precisa strategia di campionamento, ma i piedi, le ginocchia, le spalle, il viso segnato dal freddo, tutti questi non sono elementi del protocollo. Cammini, mentre la neve chiacchiera coi tuoi silenzi, crepitando sotto le suole. Pensi solo al prossimo passo, e a quando comincerà la discesa. Pensi a dove possano essere i lupi, dove possano essere passati stanotte, dove siano mentre tu sei in un altro luogo, con altra salita davanti. A volte è frustrante. Non la fatica, quella no, a quella ci si abitua. È frustrante non capire dove sono. È frustrante camminare otto ore e percorrere una misera dozzina di chilometri, mentre i lupi, resistentissimi mezzofondisti, chissà dove sono arrivati, e a chissà quanti chilometri da te. È a quel punto, quando ti vengono dubbi sufficientemente fondati di essere all'inutile ricerca di un grigio fantasma dei boschi, quando vorresti le ali o quattro zampe, quando avverti prepotentemente i tuoi limiti fisici, la scarsa resistenza, la lentezza, perfino l'impossibilità di annusare, tutta l'inequivocabile limitatezza del corpo umano rispetto alle risorse di una creatura del bosco. Succede esattamente a quel punto. Accade che davanti a te ci sia una traccia. Accade che ogni incertezza d'un tratto svanisca, imploda, lasciando spazio a un puro entusiasmo. Accade che il dubbio diventi energia, e la salita leggera, lo zaino inconsistente, gli scarponi pantofole. Accade che il lupo ti prenda per mano e grazie alla neve, sorella neve, ti conduca nel suo mondo, a modo suo, e tu, chiedendo permesso, entri. Ti conduce sulle piste delle prede, ai giacigli nel bosco, a quel cespuglio così invitante per liberarsi di un goccio di pipì. E tu, ospite del bosco, ti trasformi da intruso in invitato. A volte è necessario fare cose strane: chinarsi e camminare carponi per passare nella boscaglia, sulla neve s'intende, neve, nobile tappeto. È una cosa che sappiamo fare, facciamo sempre cose strane se ospiti di altri popoli. È un fatto culturale, anche per gli animali. Il lupo detta le regole, il lupo insegna il lupo. Il lupo si racconta, in silenzio e tra le righe. Succede. Fatichi per giorni, e poi uno spiraglio, una breccia, una fessura. Scopri un mondo che esige umiltà, attenzione, rispetto. Un mondo non antropocentrico, in cui vi sono regole da seguire, non da dettare, ma sono regole antiche, regole forse ineccepibili. Scopri un mondo che esiste solo per chi vuole imparare, un mondo che discrimina tra chi guarda e chi vede. E noi impariamo, impariamo a vedere oltre la nostra limitatezza e la nostra presunzione di uomini forti. Impariamo la vita, intesa come organicità dei viventi e come concetto filosofico, ontologico. Impariamo, grazie al lupo".*

8 - Universo verde

"*Andai nei boschi perché desideravo vivere con saggezza, per affrontare solo i fatti essenziali della vita, per vedere se non fossi capace di imparare quanto essa non avesse da insegnarmi, e per non scoprire in punto di morte di non aver vissuto*". Così scrive Henry David Thoreau in un celebre brano del Walden. Ben più modestamente, io andai nei boschi perché mi piace moltissimo gironzolare da quelle parti, dove avverto un ancestrale senso di quiete, uno stato d'animo molto simile a quello che si prova nel tornare finalmente a casa dopo un lungo viaggio. Al termine dell'esperienza del LIFE, dopo essere sceso dai monti e rientrato tra le mura di un ufficio, periodicamente una remota nostalgia viene a farmi visita. Mi manca il bosco, le quotidiane immersioni nel suo universo verde. Dopo un certo tempo passato nei boschi, dopo un'intensa frequentazione, si instaura quasi inconsciamente una sorta di dialogo interiore con gli elementi naturali, grazie al quale diventa più facile parlare anche con se stessi. La vita mi sta particolarmente comoda quando calpesto una lettiera di foglie di faggio, ne respiro il caratteristico sentore fungino, o annuso le note resinose dell'atmosfera di un'abetaia. Mi rilassa la diffusa luce verde che le foglie di faggio accendono a primavera sulla volta boschiva, e il contrasto che essa crea con le sfumature rosse del suolo e dei tronchi. Può succedere perfino che la personalità degli alberi, delle singole specie vegetali, cominci a emergere, a divenire manifesta e comprensibile. La sensazione che ne deriva lascia stranito in realtà solo chi ai boschi non è avvezzo.

Di recente si fa un gran parlare del cosiddetto *foliage*, la variopinta colorazione autunnale delle foglie, apprezzabile in particolare dove coesistono alberi di specie diverse. Certamente l'autunno è la stagione che regala ai boschi le colorazioni più stupefacenti. Colori che sfumano dal verde al ruggine passando per le più suggestive varietà cromatiche: gialli, viola, rosso fiamma. Aceri, ciliegi, faggi, saliconi si abbandonano all'estroso pennello del decimo mese prima di tornare al dimesso, scarno abito invernale, con cui affrontano il prolungato abbraccio della neve. Nonostante l'autunno in montagna assuma un fascino indiscutibile, non credo esista stagione in cui il bosco si presenti davvero privo di attrattive peculiari. L'inverno trasforma gli alberi in grigie colonne di marmo, fissate nell'immobile glassa cristallina del manto nevoso. L'estate si veste con foglie forti di sole e tenace legno maturo. La primavera dona alle chiome forestali una sorta di tenue incandescenza, come se emettessero luce propria. Benedice le creature a sangue caldo con una diffusa carezza verde che trasmette fresca linfa agli arti intirizziti dall'inverno. A primavera la vegetazione esplode ovunque rigogliosa. Tutto è vivo e ha voglia di muoversi, di stirarsi, di sgranchirsi dopo aver sopportato pazientemente la stretta invernale. Persino le foglie morte, al suolo, si muovono incessantemente. Talvolta si sollevano di scatto, crepitando. Ribollono di vita per i movimenti di talpe, arvicole, topi selvatici, lombrichi, insetti. È nello specifico alla primavera che dedico le parole di questo capitolo. Un piccolo tributo al bosco primaverile, che ci ha ospitato a lungo svelando i suoi dimessi, antichi segreti.

Nei mesi primaverili, il nostro lavoro era rivolto in particolare alle indagini di presenza e densità delle principali prede del lupo: gli ungulati selvatici. Solitamente chi frequenta il bosco vi si inoltra sfruttando la viabilità forestale o la rete sentieristica. I biologi, che rivelano una grande abilità nel complicarsi la vita, hanno scelto modi più arditi e fantasiosi. Le tecniche di campionamento della fauna selvatica comprendono una vasta gamma di metodiche, che talora prevedono la percorrenza di transetti, brevi percorsi per la raccolta di segni di presenza degli animali oggetto di indagine. Questi transetti solitamente coincidono con tratti della rete sentieristica. Ma non i nostri. Applicando metodologie di ricerca di origine anglosassone, basate sul rigoroso, maledetto rispetto di assunti statistici, i nostri transetti cadevano ovunque nell'area di studio, allocati a caso dal computer quasi sempre fuori sentiero. Ogni transetto, o *strip transect*, aveva una precisa coordinata di inizio, che doveva essere raggiunta attraverso l'impiego di dispositivi GPS e una lettura molto attenta di tavole cartografiche in scala 1:5.000. Al solito ci si muoveva in piccoli equipaggi di due, tre persone, attrezzati di rotella metrica, bussole, schede e altri ammennicoli la cui elencazione non risulta appropriata a questo contesto. Il motivo per cui vale la pena ricordare questi transetti risiede nel fatto che a causa di ciò, come interessante effetto collaterale, siamo stati letteralmente costretti ad acquisire una conoscenza millimetrica del territorio del Parco, a prescindere dalla rete sentieristica. La necessità di avvicinarci il più possibile ai transetti ci ha spinti a sfruttare ogni tipo di tracciato esistente o esistito, riscoprendo anche percorsi ormai dismessi, a stento segnati nelle carte tecniche più dettagliate. Nel raggiungere il punto di attacco di ciascun transetto ci siamo inoltrati nei tratti forestali dall'orografia più intricata, acquisendo una notevole esperienza nel muoverci fuori sentiero. E siamo stati ore a osservare metro per metro il pavimento di foglie, la corteccia degli alberi, le tracce di brucatura su un ciuffo d'erba. Abbiamo così sperimentato, con un lungo apprendistato, la varietà di sensazioni regalate da una faggeta a ceduo o a fustaia, da un rimboschimento di conifere, da un bosco misto. Abbiamo imparato a stimare l'altitudine solo grazie all'esame delle specie arboree presenti attorno a noi. Potrei stilare una personalissima classifica degli alberi dell'Appennino i cui rami causino i graffi più dolorosi, rimbalzino sul viso con maggior vigore, siano meno propensi a spezzarsi. Abbiamo subìto tentativi di colonizzazione da parte di giovani zecche, vanificati con una semplice scrollata di pantaloni. Abbiamo penetrato le radure più nascoste, in cui il capriolo consuma i propri rituali amorosi, o dove le madri di cinghiale si accasciano sul fianco e allattano la prole. Abbiamo accolto il temporale, e atteso che cessasse, osservando la cerimonia di danza delle foglie rese nevrili dal tuffo delle gocce, e respirato l'aroma del terreno inumidito, ricco di spore che saranno funghi.

Raccogliere dati sugli ungulati selvatici significa utilizzare diverse metodiche, e incrociarle tra loro. Oltre ai transetti, dunque, abbiamo effettuato anche osservazioni e battute di censimento. All'alba e al tramonto gli ungulati si soffermano sui prati e nelle radure per pascolare. Quando ciò avviene, è possibile desumere dalle osservazioni dati scientificamente rilevanti. Osservatori esperti, collocati in punti strategici, possono riconoscere specie, sesso e classe di età degli animali avvistati. Possono verificare l'avvenuta riproduzione, e le condizioni generali di salute dei capi presenti. Le battute, d'altro canto, vengono impiegate per effettuare indagini sugli animali che si trovano in una zona boscata sprovvista di radure. Una sorta di conteggio generale degli individui che in quel momento, in un'area, rispondono all'appello. Spiegare in dettaglio come si metta in pratica ciascuna tecnica risulterebbe troppo dispersivo, ma forse vale la pena soffermarsi sui piccoli piaceri che derivano da tale lavoro.

Nel caso delle osservazioni, è necessario alzarsi circa un paio d'ore prima dell'alba. Ogni operatore raggiunge il proprio punto di osservazione, prepara le ottiche, e aspetta. Per due ore, immobile, rimane attaccato al binocolo, segnando su una scheda i dati di ogni ungulato che compare nella radura assegnata. Di solito non succede niente. Perlomeno all'inizio pare che sia così. Poi piccoli eventi legati al mondo animale iniziano ad animare la scena. Un rampichino, cugino del picchio, si inerpica a spirale sulla corteccia di un albero. Una volpe attraversa il campo visivo, il naso a terra e la coda rigida e piumosa. Un capriolo bruca le gemme di una rosa canina, si siede, rumina placidamente. Due maschi della stessa specie attraversano a razzo la radura, in una frenetica scaramuccia amorosa, latrando come cani. Poco alla volta la scena prende vita, e il cannocchiale a forte ingrandimento ci consente di osservare tutto ciò come se fossimo lì, tra loro, alle prese con un documentario in diretta.

Nelle battute la situazione diventa più caotica. Una quarantina di operatori devono circoscrivere, nel massimo silenzio, il perimetro di un'area. La maggior parte di essi ha un ruolo di posta, ovvero rimane immobile nel punto assegnato, confondendosi con la vegetazione. Alcuni operatori, su un lato, costituiscono il fronte di battuta. Ciascuno di loro assume il ruolo di battitore, che ovviamente nulla ha a che vedere col baseball. Il principio è simile a quello del cassetto di un comodino. Le poste sono le pareti del comodino. I battitori sono il cassetto. I battitori si muovono all'interno dell'area, allineati, come se fossero il fondo del cassetto che si infila nel comodino. L'avanzata del fronte di battuta spinge gli animali presenti verso le poste, dove gli osservatori contano e classificano ciascuno degli esemplari di passaggio. Alcune precauzioni scongiurano eventuali doppi conteggi, nel caso un esemplare esca e poi rientri nell'area. Nelle battute è frequente trovarsi gli animali molto vicini, e non di rado si assiste a divertenti episodi. Capita, ad esempio, che un cinghiale passi in rassegna tutto il fronte di battuta, cercando in una corsa precipitosa lo spiraglio di una via di fuga. Quando questo succede, i battitori a turno prendono a vociare allarmati, e c'è sempre qualcuno che si mette a gridare come una sirena dei pompieri. Nella mia esperienza non ho mai assistito a incidenti, ma mi sovvengono parecchi aneddoti. Ricordo sempre con un sorriso la tragicommedia inscenata da una volonterosa censitrice di città, ferma alla posta, nei confronti di un cacciatore del fronte di battuta. Arrivando con strepiti e urla gutturali, i battitori avevano spinto verso l'impreparata censitrice una femmina di capriolo, con il pelo in muta. Passando a folle velocità di fianco alla posta, la capriola aveva sfiorato una recinzione, lasciando a terra abbondanti ciocche di pelo, che nel corso della muta continuano a staccarsi naturalmente dal corpo degli animali. Convinta che la capriola nell'urto avesse subito chissà quali abrasioni, la povera censitrice si rammaricava dell'accaduto con il nostro cacciatore, che nel frattempo aveva raggiunto le poste. Il cacciatore, accortosi della banalità del problema, che ovviamente non implicava alcun rischio per l'incolumità dell'animale, nel frattempo se la rideva alla grande. La censitrice, scrutando con fiero cipiglio il cacciatore, improvvisamente sbotta: "Lei dev'essere un cacciatore!", e poi giù improperi per l'insensibilità dimostrata dal bruto verso la sorte del povero animale, suscitando l'ilarità dei presenti.

Sia per le battute che per le osservazioni solitamente ci si avvale di molteplice personale. Al Parco disponevamo di qualche volontario, in particolare guardie ecologiche, ma i collaboratori a nostra disposizione in assoluto più numerosi e collaborativi sono stati i locali cacciatori di selezione. Personalmente non condivido la passione per la caccia, né sarò mai un cacciatore, ma non demonizzo i seguaci di Diana. In alcuni casi le attività venatorie assumono una fondamentale importanza, in particolare qualora sia necessario avvalersi di una caccia selettiva per motivi gestionali o di zooprofilassi. Preferisco il binocolo al fucile, e trovo sia più etico rinunciare a premere il grilletto, ma comprendo le ragioni che spingono a ciò. In particolare nelle zone di montagna, la caccia diventa un ottimo pretesto per passare il tempo, coltivare amicizie, vivere il contesto naturale, avere occasioni per organizzare pranzi e cene. La caccia inoltre affonda le proprie radici in tempi assai remoti, ed è congeniale alla natura umana. Nel rispetto delle leggi, la caccia non causa danni alle specie, ma solo ai singoli capi uccisi. Se si incrementasse la preparazione e il bagaglio di conoscenze tecnico-scientifiche del cacciatore, forse si riuscirebbe a porre rimedio a certi eccessi, ai comportamenti scorretti, restituendo all'ambiente venatorio un'utilità sociale che frequentemente viene meno. I nostri cacciatori, quelli dei comuni appartenenti al consorzio del Parco, non si sono mai tirati indietro quando si trattava di darci una mano e raccogliere dati per le nostre ricerche. Siamo stati accolti con calore ed entusiasmo dai vari gruppi locali, sempre disponibili ad accantonare il fucile per collaborare a raccogliere dati sugli ungulati, o a segnalare tracce di presenza del lupo, a cui solitamente seguiva un positivo riscontro.

Per noi la primavera spesso coincideva con il periodo dell'anno di maggiore frenesia lavorativa. L'inverno comportava fatica di gambe e neve sotto i piedi, l'estate lavoro notturno e percorsi di crinale, ma in primavera si sommavano diversi aspetti, che ci impegnavano sia su un fronte prettamente relazionale e organizzativo, sia sul piano fisico. Vi erano periodi in cui il nostro orario di lavoro rasentava le venti ore giornaliere, in cui passavamo incessantemente dalla scrivania al computer, e quindi al lavoro sul campo. Non è certo stato in questi frangenti che la fatica fisica ha raggiunto il massimo, ma di certo ci è stato imposto un impegno diverso e forse più intenso, sia in termini di attenzione che di disagi. *In primis* la deprivazione di sonno, ma non solo. A fronte di quelle esperienze ho ben presente quanto sia peggiore il freddo statico di chi è forzato all'immobilità, rispetto al freddo che avvolge chi si muove, indipendentemente dalle temperature. In inverno abbiamo camminato per ore sul manto nevoso, in giornate senza sole, con temperature di parecchio sotto lo zero. Il freddo rimaneva intorno a noi senza scalfirci. Ricordo bene, d'altro canto, quanto il gelo si possa radicare nel corpo, entrando dalle mani, dai piedi, dal naso, dalle orecchie, quando si rimane immobili per due ore a soli tre gradi sotto zero, nel corso delle osservazioni agli ungulati di aprile. Il freddo è sempre relativo. Abbiamo avuto occasione di sperimentare sulla nostra pelle le notevoli risorse del corpo umano, che comincia molto presto a dare segni di stanchezza, ma dimostra nei fatti di poter vantare una resistenza ben superiore alle comuni aspettative. Abbiamo avuto un'efficace dimostrazione di tale assunto, anche senza raggiungere un esasperato stato di spossatezza legato a condizioni davvero estreme. Ci capitava di dormire sette ore in tre giorni, durante i quali la nostra attività organizzativa, i sopralluoghi alle aree, la preparazione dei materiali diventavano spesso frenetici. L'organizzazione delle prolungate osservazioni nelle ore crepuscolari, che imponevano levatacce nel cuore della notte, lasciavano libere le ore diurne, nelle quali la maggior parte delle volte capitava di dedicarsi ad altre incombenze lavorative, come gli *strip transect*. Il corpo, se sufficientemente allenato, sopporta agevolmente la fatica fisica e rapidamente si adatta alla deprivazione di sonno. Talvolta è capitato di lavorare letteralmente fino allo sfinimento, che si manifesta con un malessere diffuso, una plumbea sensazione di astenia che sfocia in un acuto, repentino mal di testa, o una forte stretta di nausea allo stomaco. Questi improvvisi tracolli, veri e propri segni di ribellione di un organismo che punta i piedi per rallentare, comparivano solitamente a lavoro finito, non appena il calo della tensione lavorativa lasciava nuovamente spazio alla necessità di riposare. A riprova di quanto le risorse del nostro organismo siano sottostimate, è sempre bastata una buona notte di sonno per porre rimedio alla stanchezza accumulata. Una buona cena, una dormita, e si riparte.

9 - Indizi storici e mestieri di montagna

Volpi e lupi in particolare, ma anche caprioli, cinghiali e altri animali, abitualmente utilizzano diverse vie nell'attraversare il proprio territorio. Per alcuni tratti tali camminamenti coincidono con la rete escursionistica "ufficiale", riportata sulle cartine a uso turistico. Spesso ricalcano le piste forestali, sfruttate principalmente dai boscaioli per trasportare legname. Talora seguono direttrici basate sull'orografia dei luoghi: una cresta, una valle, un crinale. Più frequentemente, tuttavia, l'intreccio di sentieri sfruttato da questi animali è composto da un fitto reticolo di percorsi secondari, creati e successivamente dismessi dall'uomo. Vecchi tragitti, sentieri oggi inutilizzati, ma che ancora costituiscono utili direttrici di collegamento tra i luoghi di un territorio. Probabilmente la logica per cui le genti di montagna hanno ritenuto vantaggioso scegliere un attraversamento, sfruttando ove possibile gli elementi del paesaggio e la conformazione dei luoghi, coincide con quella degli animali, per i quali è ovvio preferire un passaggio più agevole (o sicuro) ad altri più impervi. In inverno, ad esempio, ci è capitato spesso di seguire su neve il tragitto di una volpe per spostarci da un'area all'altra del Parco, trovandovi un evidente vantaggio. Il percorso delle volpi frequentemente ricalca alla perfezione il tracciato dei sentieri sottostanti, anche se completamente sepolti dalle abbondanti nevicate. Sentieri con i quali le creature del bosco mostrano di avere dimestichezza. In altri casi sono stati gli animali a seguire le nostre impronte, che fornivano una traccia calpestata particolarmente agevole per attraversare il bosco. Tale logica involontariamente mutualistica è probabile che esista da sempre tra i popoli della montagna, anche se le tribù degli uomini oggi preferiscono strade asfaltate e tracciati adatti agli automezzi. Camminare per boschi, seguendo gli animali piuttosto che la viabilità, consente spesso di fare i conti con luoghi suggestivi, che celano significativi indizi degli insediamenti dei popoli delle "terre alte". Sono testimonianze del loro stile di vita, e dello stretto legame con il territorio e le stagioni, ormai sostituito dalla filosofia del supermercato, degli impianti sciistici e della televisione. Una storia minore, che non riguarda grandi eventi o vicende clamorose, quanto piuttosto la vita quotidiana di montagna, piccoli gesti, tradizioni antiche, borghi e comunità nascosti al mondo, incastonati tra montagne placide e valli isolate. In un mondo che gira in fretta, e che trascura la memoria di ciò che è stato, un poco ogni giorno si cancellano gli indizi della vita delle comunità appenniniche antecedente il progresso, la corrente elettrica, l'acqua calda nelle case. Nelle nostre peregrinazioni primaverili tra boschi e vallate, siamo stati condotti tra gli scheletri di architetture in sasso e legno di castagno, efficaci testimoni che catalizzano i fantasmi di un recente, antichissimo passato.

La carbonaia

Entrando nel bosco, abbandonati i sentieri del CAI con le caratteristiche marcature bianche e rosse, è frequente riconoscere altri percorsi, ormai inutilizzati ma ancora riconoscibili per il calpestio di secoli. Tali sentieri, in procinto di affondare nell'oblio, sono più frequenti nelle aree dove i toponimi, ancor oggi ottimi ausili per il cacciatore di luoghi, suggeriscono la lontana presenza di attività umane. Capita che questi camminamenti siano resi più evidenti dal passaggio di un cinghiale che, rivoltando le foglie, marca una striscia color torba che si inoltra decisa tra i tronchi, e raggiunge piazzole di modeste dimensioni. Si tratta di slarghi pianeggianti nella faggeta, in cui cresce solo qualche sparuto filo d'erba. Il terreno si presenta libero da pietre. Il terriccio sotto le foglie è spesso scuro, cosparso da frammenti di colore nero, resti mineralizzati di legna annerita dal fuoco. È una carbonaia. In un tempo dominato dalla penuria di materie prime, il carbone assumeva notevole importanza sia nel riscaldamento delle case di città che nell'industria. Si pensi alle macchine a vapore. Quello del carbonaio era uno sporco mestiere, di cui rimangono parecchie testimonianze storiche.

Nel bosco si apriva una radura in cui veniva accumulata in grande quantità la legna, tagliata in pezzi cilindrici di circa un metro. La legna, solitamente faggio, veniva disposta verticalmente su più strati, secondo una complessa struttura che prendeva man mano la forma di una capanna col tetto ricurvo. Era il cosiddetto "castello". La maestria di un carbonaio si misurava dalla perizia con cui veniva eretto il castello di tronchi, che nelle fasi finali veniva ricoperto con la cosiddetta "pelliccia" di muschio, terriccio e zolle di cotica erbosa, per isolare e concentrare il calore all'interno. Le fasi di copertura, e successivamente di accensione, implicavano una perizia non comune e una grande esperienza. Si pensi ai rischi enormi di incendi boschivi, se qualcosa fosse andato storto a causa di un errore nelle fasi di preparazione. La copertura in terra, associata alla compattezza della struttura, consentivano alla legna di cuocere, di carbonizzarsi senza svanire in cenere, destino certo nel caso in cui la massa legnosa si fosse trasformata in una pira di fuoco violento e aggressivo. L'accensione avveniva facendo cadere le braci dall'alto, fino al centro della struttura, sfruttando un foro ricavato dall'estrazione di un lungo tronco centrale. Nel corso della combustione, che si prolungava da tre a dieci giorni, il carbonaio controllava il lavoro delle braci, regolandone la temperatura (circa 500 °C) attraverso l'apertura o la chiusura di fori nella copertura esterna. Imprigionata in una struttura asfittica, la massa legnosa finiva per carbonizzare lentamente, al limite dell'anossia, trasformandosi in una scricchiolante massa nera. La legna anneriva come pane chiuso in un forno dalla temperatura troppo alta. Tutta la famiglia del carbonaio veniva coinvolta in tale attività, talvolta edificando più carbonaie in serie, e rimanendo nei boschi per giorni. A combustione completa, comparivano variazioni nel pennacchio di fumo. Iniziava allora la fase di apertura del castello, che doveva essere graduale per non rianimare il fuoco latente tra le braci, sotto la catasta. Infine si provvedeva al trasporto del carbone, che richiedeva diversi viaggi. A lavoro concluso, i carbonai tornavano a casa con gli arti indolenziti, la schiena rotta dalla fatica, la pelle e gli abiti completamente anneriti, con i polmoni e le carni affumicati dai venefici fumi di combustione, equiparabili a quelli di diversi caminetti accesi assieme.

Faggi da legname

Nelle zone di montagna i boschi hanno costituito una costante risorsa di sostentamento, una materia prima fondamentale ancora oggi per il riscaldamento, la costruzione di edifici, la fabbricazione di utensili, l'artigianato artistico. Le vaste faggete dell'Appennino conservano evidenti tracce di tale importanza, in quelli che taluni definiscono "boschi produttivi". Vi sono toponimi, come "Pian dei Remi", che ricordano l'importanza di certe produzioni forestali per alcune attività del passato. Come la produzione dei remi per le navi della flotta del Granducato di Toscana.

Per natura i faggi sviluppano un lungo tronco marmoreo, un fusto che nei secoli diviene tarchiato, massiccio, muscoloso, e sostiene un'imponente volta di rami e foglie. Se la faggeta viene sfruttata per la produzione di legna, tuttavia, gli alberi vengono tagliati a raso alla base. In tal modo il ceppo che ne rimane sviluppa una serie di polloni, fusti secondari che crescono più rapidamente e forniscono legna di pezzatura minore, dall'uso più agevole. Il faggio a ceppaia assume l'aspetto di un arboreo cespuglio. Per garantire la produzione di semenza vengono lasciate qua e là nella ceppaia le cosiddette "matricine", ovvero faggi a fusto unico, non troncati alla base, che si distinguono nettamente dalle ceppaie per l'altezza, l'aspetto integro e il senso di imponenza che trasmettono rispetto ai circostanti faggi pollonati. In tempi recenti lo sfruttamento del bosco ha subito un decremento considerevole, consentendo a tale ambiente di assumere nuovamente il proprio ruolo di ecosistema naturale, piuttosto che quello di riserva di legname. Per questo e altri motivi vengono promossi interventi di riconversione delle ceppaie a fustaie. Le ceppaie esistenti sono così segate alla base, salvaguardando solo il fusto principale, di maggiori dimensioni. In tal modo, nel tempo, le ceppaie riconvertite ad alto fusto assumono nuovamente il proprio aspetto naturale, a eccezione dell'evidente zoccolo cicatriziale alla base del tronco.

Frequentemente si sente dire dagli anziani che nessuno pulisce più il bosco, che il bosco è brutto, trascurato. In effetti in passato gli ambienti forestali erano fortemente condizionati, anche nell'aspetto, dall'intervento umano. È tuttavia poco comprensibile che cosa si intenda per "pulire il bosco", se non alla luce di una prospettiva storica. La condizione naturale di un'area forestale si avvicina a quella odierna. Tra i tronchi si trovano rami secchi al suolo: giovani fusti che non si sono sviluppati e si sono spenti, sovrastati dalle chiome di alberi più grandi e vecchi. Nel sottobosco crescono arbusti, rose canine, virgulti piazzati sotto ogni minimo spiraglio di sole come un attore sotto i riflettori. Nelle radure, giovani alberi gareggiano in velocità per raggiungere il cielo prima dei rivali. In passato, e in particolare durante le guerre, il sottobosco era tenuto libero da ogni frammento vegetale che potesse avere un'utilità o costituire una riserva di legna da ardere. I vecchi della montagna ci hanno raccontato come vi fossero famiglie povere, che non possedevano boschi propri, alle quali veniva concesso di effettuare la raccolta di rami al suolo, e di come essi arrivassero addirittura a staccare con pertiche e ganci anche i rami secchi ancora attaccati ai fusti. In questi periodi di contingenza il sottobosco aveva assunto pertanto un aspetto particolarmente ordinato, poiché non ci si poteva permettere che nulla marcisse al suolo. Talvolta rimangono tracce di questa abitudine di riordinare i boschi, solitamente in terreni privati, dove è possibile osservare composte fascine di rami diligentemente accatastate contro i tronchi degli alberi, sul lato a monte. Sono reminiscenze di un tempo difficile, duro, in cui le genti vivevano nei boschi, grazie ai boschi, che rassettavano e curavano al pari delle stanze di casa.

Pascoli e guerre

Nelle nostre esplorazioni primaverili, a seguire lupi e registrare tracce di ungulati, si usciva spesso dai boschi per raggiungere le praterie d'alta quota e i pascoli alti, a ridosso delle primaverili cime erbose. Le cime di poco inferiori ai 1800 metri di quota solitamente si presentano sprovviste di boschi, come efficacemente testimoniato da toponimi quali "Monte Nuda". Ciò è dovuto a diverse ragioni, riassumibili in due cause prevalenti. L'incessante lavorio del vento, ad esempio. Gli alberi più esposti all'azione della correnti hanno una crescita stentata, contorta, e spesso presentano suggestive forme tormentate. A tali altitudini è frequente riconoscere i caratteristici "faggi a bandiera", con le chiome fogliari sviluppate su un solo lato. Altre cime sono sprovviste di vegetazione arborea, per l'abitudine dei pastori di bruciare i potenziali terreni di pascolo in quota. Ancora una volta un aiuto giunge dalla toponomastica, con nomi di inequivocabile origine tra cui figura un "Colle della Bruciata". Questo è il regno della pastorizia. È il regno delle pecore garfagnine e massesi, che regalano il proprio concime alla tenace cotica erbosa. I pascoli si articolano lungo ampie fasce a ridosso della linea di crinale, un tracciato che include abbeveratoi, sorgenti, effimeri specchi d'acqua. Erba profumata, acqua fresca e aria buona, le esigenze primarie delle pecore.

Alcuni pascoli in quota, per l'assenza di alberi, conservano ancora evidenti tracce degli ultimi conflitti bellici. Guardando con attenzione sono riconoscibili sul terreno le cicatrici dei bombardamenti delle Guerre Mondiali, e i grossi buchi causati dai colpi dell'artiglieria pesante. Tuttora capita di rinvenire le schegge metalliche degli ordigni, sparse al suolo dalle potenti deflagrazioni. In effetti le Guerre Mondiali hanno imposto ingenti e sciagurate modificazioni del paesaggio. La necessità di osservare da lontano l'arrivo delle truppe nemiche, presso le linee di fronte, ha portato a disboscare ampie porzioni del territorio. Di ciò forniscono efficace testimonianza i boschi stessi. Frequentemente gli alberi che li compongono non superano i settant'anni d'età. In questi settant'anni, come già ribadito, il bosco ha guadagnato molto del terreno perduto, fondamentalmente a causa dell'abbandono delle montagne e delle mutate fonti di sostentamento. Pur con evidenti segni di rimboschimento, ancora oggi l'Appennino modenese conserva ampi terreni strappati nei secoli scorsi al bosco, e successivamente adibiti all'agricoltura o al pascolo. A causa di ciò le compagini forestali si presentano molto frammentate, anche solo rispetto all'adiacente Appennino reggiano. Nella piazza centrale di Fanano si trova lo storico Caffè del Commercio. Questo esercizio conserva alle pareti stampe fotografiche di Fanano all'inizio del secolo scorso. Fanano stessa è citata con la curiosa dicitura di "stazione climatica". Si rimane stupefatti nel constatare quanto risultassero spoglie – nella prima metà del Novecento – le montagne circostanti, la frazione di Canevare, il Pizzo di Fanano. Ora un bosco lussureggiante impreziosisce terreni un tempo nudi, dove solo qualche arbusto tentava la sorte contro le lame del contadino e del boscaiolo, o le manovre delle milizie in guerra.

Gli scalpellini

Passando presso i Taburri di Fellicarolo, ci è capitato più volte di osservare uno scalpellino alle prese con blocchi di pietra arenaria. Quello dello scalpellino è uno dei mestieri più antichi della vicenda umana, una tradizione che oggi assume connotati più artistici che utilitaristici, e che alcuni comuni dell'alto Appennino modenese (ad esempio Fanano) si adoperano per tutelare. Lo scalpellino lavora la tenera pietra appenninica, la squadra, la modella, fino a ricavarne tegole per i tetti (pianelle), sassi per i muri, pietre per il selciato delle strade e dei paesi, architravi, chiavi di volta per i ponti a schiena d'asino, capitelli e altri fregi per le chiese, cantonali per le abitazioni, e ancora fontane e lavatoi. È il mestiere di montagna più complementare al muratore, equiparabile in chiave artistica al lavoro dell'operaio di fornace, in pianura, che preparava mattoni, materiali per l'edilizia, in argilla e terracotta. La pietra – il sasso, come lo si chiama comunemente nel modenese – rappresenta infatti il materiale basilare per ogni opera architettonica, e di facile reperimento in montagne tenere come l'Appennino, solcate a fondo da valli fluviali. Sin dall'antichità muretti a secco, strade, abitazioni sono stati costruiti con materiali poveri, prelevati sul posto. I mastri costruttori sin dal Medioevo hanno utilizzato il sasso, malta a base di gesso, tufo, carbonati, legno di castagno. Le strade storiche con selciato in sasso quali la via Romea, presso Ospitale, o i numerosi ponti a schiena d'asino come il ponte della Fola, presso Pievepelago, sono tenaci esempi di efficacia costruttiva. Vantano una resistenza di diversi secoli, e non mostrano particolari segni di cedimento. Percorrere una strada con fondo ad acciottolato, affiancata da un lungo muretto a secco, è un'esperienza sicuramente suggestiva. Pellegrini, animali da soma, genti di montagna e viandanti hanno calpestato innumerevoli volte quelle stesse pietre che ancora oggi sono lì, solide sotto le nostre moderne suole in Vibram. Pietre che hanno resistito quasi indifferenti all'azione crioclastica del gelo, all'aggressivo dilavamento delle piogge e delle nevi, che creano smagliature profonde nelle altre strade col fondo battuto. Pietre che sussurrano storie, e conservano le esuvie di chi ci ha preceduti, spianandoci la strada sasso dopo sasso.

La cultura del castagno

Esplorando l'Appennino a quote minori, può capitare di imbattersi nei resti di qualche vecchio mulino, attigui a un torrente. Il Mulin del Fante – presso il torrente Dragone, zona Alpesigola – o il ripristinato Mulino di Trentino, a Trentino di Fanano, ne sono ottimi e non isolati esempi. A queste altitudini, tra i 500 e gli 800 metri di quota, ci si aggira nel bosco misto di latifoglie. Siamo nella fascia del castagno, una delle principali fonti di sostentamento delle popolazioni appenniniche. I frutti del castagno, meticolosamente raccolti, venivano fatti seccare all'ombra nei metati. Il metato è un fabbricato con muri in sasso, che contiene un piano rialzato dal terreno. Tale piano era costituito da pali di castagno strettamente affiancati, sui quali venivano stese le castagne, man mano che la raccolta giungeva al termine. I sacchi venivano versati all'interno del metato dall'alto, attraverso un'apposita finestrella. Sotto alle castagne veniva acceso un fuoco di braci, alimentato esclusivamente con legno di castagno. I preziosi frutti riposavano all'ombra e lontano dal suolo, appena intiepiditi e profumati dalle braci. In tal modo subivano una lenta disidratazione, al riparo da attacchi fungini e da fenomeni di marcescenza. Il metato solitamente accoglieva il raccolto di più di una famiglia. Nei mesi invernali a una persona d'esperienza veniva affidato l'incarico di curare il fuoco, sotto le castagne. I metati pertanto divenivano punti di ritrovo, e luoghi ideali per i giochi dei bambini. Era necessario mantenere viva la brace, scongiurando tuttavia lo svilupparsi di una viva fiamma, che avrebbe bruciato il raccolto sopra di essa. Per far ciò si utilizzavano gli involucri delle castagne dell'anno precedente, con cui coprire e soffocare il fuoco, e proteggere le braci. La cultura del castagno presenta una circolarità analoga alla cultura del maiale, per cui ogni parte è utile e funzionale all'intero ciclo, e niente va davvero sprecato.

Quando i frutti all'interno del metato raggiungevano il giusto grado di disidratazione, i pali di sostegno del ripiano venivano allargati da sotto, e le castagne finivano a terra. Le famiglie che facevano capo a un metato, allora, si riunivano per la battitura, che separava i frutti dagli involucri legnosi. Un calcolo consolidato consentiva di risalire al quantitativo di castagne secche da restituire a ciascuno, sulla base dei sacchi di prodotto fresco posti ad asciugare. Le castagne secche venivano destinate a vari usi alimentari. La castagna per molto tempo è stata il grano dell'Appennino, e ha costituito una discreta difesa da malattie come la pellagra, causata da carenza di vitamina PP. La castagna veniva bollita, o cotta sulle braci, ma anche seccata e macinata, producendo una farina dolciastra con cui preparare dolci, frittelle, o la nota focaccia chiamata "castagnaccio". L'utilizzo più consolidato della farina di castagne, tuttavia, era sotto forma di polenta, che sin dalla colazione rappresentava un alimento indispensabile. A tal fine la farina di castagne era conservata nelle case in gran quantità, dentro a robuste casse in legno, analogamente alla farina di grano. In tali casse, fortemente pigiata, si conservava senza inconvenienti fino al raccolto successivo.

L'esodo dalle montagne

Un tempo l'Appennino ospitava diverse piccole comunità, concentrate presso modesti borghi in sasso. Poche famiglie, in un rapporto di mutualistica assistenza, provvedevano al lavoro nei campi, al raccolto, all'allevamento del bestiame e degli animali da cortile. La caccia costituiva un'importante integrazione al sostentamento, ed era praticata da tutti. I cognomi erano pochi, e assai ricorrenti. Le unioni coniugali avvenivano perlopiù tra ragazzi di borgate limitrofe. Chi nasceva in montagna si abituava a rigide condizioni di vita, sviluppando un rapporto molto stretto con i fattori atmosferici e le stagioni. Un rapporto conflittuale, oscillante tra l'amore per il contesto naturale, e la rassegnazione per l'ostilità del clima, in particolare nella stagione invernale. Per quanto le condizioni di vita potessero essere difficoltose, a tratti ostili, il bosco ha sempre fornito quanto necessario al sostentamento delle popolazioni appenniniche. Dopo la Seconda Guerra Mondiale tale dialettica è totalmente mutata. Non era più sufficiente avere di che vivere, un tetto sulla testa, cibo nella dispensa. Differenti circostanze socio-economiche imponevano cambiamenti repentini. I principali paesi si sono sviluppati, ingranditi, strutturati, accentrando servizi e occasioni di lavoro. Parecchie famiglie si sono spostate in pianura, alla ricerca di un'opportunità.

Abbiamo visitato diversi borghi, ormai ridotti a un aggregato di ruderi in sasso e case diroccate. Abitazioni cadute pietra su pietra, che lasciano aperti indecorosi scorci sulle stanze più intime in cui una famiglia conduceva la propria esistenza. Camere da letto, cucine con padelle ancora appese alle pareti, stanze ancora arredate a cui mancavano intere pareti. Come se gli abitanti fossero stati costretti a fuggire all'improvviso, lasciando la pentola sul fuoco, le lenzuola nel letto, il tavolo della cucina ancora apparecchiato. Così La Marina, presso Magrignana, oppure il caratteristico borgo di S. Antonio, presso Piandelagotti. Quest'ultimo si trova in una zona molto suggestiva, ricca di pascoli, prediletta da cervi, caprioli, daini, e protetta dai contrafforti dell'Alpesigola. Le case sono ancora in piedi, ma qualche tetto è sfondato e qualche muro crollato. C'è una piccola chiesa, un abbeveratoio, qualche attrezzo agricolo. Visitando S. Antonio, il paradigma dei borghi appenninici sacrificati all'abbandono, si riceve l'impressione che sia stato lasciato all'improvviso, in blocco, con urgenza, come per un impulso contingente. Ora è frequentato solo dalle creature dei boschi, e da qualche mucca al pascolo brado che talora ha osservato placidamente le nostre attività di ricerca. Altri borghi, per quanto minuscoli, hanno resistito al declino e alla trasformazione: Serpiano di Riolunato, Fellicarolo di Fanano, Tagliole di Pievepelago. Più spesso ha vinto il cambiamento. Alcuni borghi sono sopravvissuti, sono cresciuti grazie al turismo. E dove il turismo era più arrogante si sono trasformati, estendendosi come una massa tumorale. Capita così di vedere che, attorno a un nucleo originario di venti case, ne siano cresciute altre centoventi, nell'ambiziosa speranza che lacerare la montagna appenninica con le piste da sci potesse portare una facile, diffusa prosperità. Sono case nuove ma precocemente invecchiate, consumate dalla solitudine, prive di vita. Hanno forme estranee, inadeguate, che scimmiottano lo stile tirolese, oppure ostentano orrende facciate di stile indefinibile, inappropriate perfino per una rivista di architettura *vintage*. Le porte di questi brutti edifici si aprono solo due settimane l'anno, per ospitare cittadini ciarlieri e rumorosi, che legano poco coi locali e contribuiscono ancor meno alla vita delle comunità.

L'oblio sgretola ogni giorno storie, case, indizi di una vita a tratti dura, ma autentica, che merita di essere conservata nella memoria storica delle comunità appenniniche. Essa ricorda a chi vive nella cattività di stanze climatizzate, e nel mondo artificiale dello schermo di un computer, quale sia stata per molto tempo la natura della nostra organizzazione sociale. C'è sempre qualcuno che rievoca i bei tempi passati, e quanto era bella la vita una volta, in un tempo indefinito e irrimediabilmente trascorso. Tutto sommato ritengo che le condizioni di vita odierne siano molto migliori rispetto anche solo agli ultimi cinquant'anni. Non rimpiango il bagno all'aperto, o l'acqua fredda, il riscaldamento a legna, i pavimenti in terra battuta, le pulci nei materassi. Sono altresì convinto che la vita nei borghi, l'appartenenza a una comunità, una chiacchierata davanti al fuoco di un camino, in abitazioni sprovviste di televisore, costituiscano esperienze rare e preziose, che arricchiscono concretamente il nostro valore umano e ci restituiscono qualcosa che abbiamo lasciato da qualche parte dietro di noi. Per la legittima fretta di fuggire dalla miseria, forse abbiamo dimenticato di custodire e salvaguardare anche gli stili di vita che per secoli ci hanno garantito un equilibrio.

10 - Casa Speriamo

Dobbiamo cambiare alloggio. Dopo pochi mesi di permanenza a Tagliole ci è ormai chiaro che la situazione è divenuta insostenibile. Dal Parco ci arrivano segnali che ci fanno chiaramente intuire di non essere ospiti graditi. Del resto anche per noi i tempi sono maturi per un cambiamento. Condividiamo spesso i locali con altre persone che alloggiano con noi. Purtroppo abbiamo subito piccoli furti, tra cui un costoso paio di occhiali da sole, plausibilmente trafugato da un gruppo di ragazzini in gita durante un pernottamento presso la vecchia scuola. Ci è vietato l'uso della cucina, per problemi reali o supposti di sicurezza degli impianti. Dopo lunghe escursioni, poter mangiare solo cibo freddo comincia a crearci qualche problema. Quattro mesi di legumi in scatola pongono limiti oggettivi a qualsiasi reciproca convivenza civile. Infine la nostra dotazione tecnica si è ormai fatta corposa, variegata, costosa. Ravvisiamo la necessità di avere un luogo sicuro in cui lasciare le nostre personali attrezzature e l'abbigliamento da lavoro, ormai ben più ingombranti del semplice contenuto di uno zaino. Abbiamo ormai da tempo un doppio guardaroba, che comprende abiti "civili", e abiti da lavoro divenuti ben più usuali dei primi. Si tratta di un curioso miscuglio di abbigliamento tecnico da montagna, indumenti da caccia, capi militari e vestiti comprati al mercato, di scarso valore e robusta fattura. Sono come una divisa laica, una tuta su misura che ci calza più comodamente di qualsiasi altro abito indossato in precedenza.

Grazie alle indicazioni di qualche fidato conoscente, ci mettiamo all'opera per trovare una nuova soluzione abitativa. Cominciamo così a visitare una serie di appartamenti, collezionando un interessante campionario di aneddoti e tipologie di arredo. Cito un caso su tutti, una rarissima tipologia residenziale: la casa-mausoleo. L'abitazione appartiene a un muratore siciliano, con cui prendiamo accordi per un sopralluogo. Ci incontriamo, il nostro ospite ci guida verso un appartamentino ricavato al pianterreno di un edificio di colore arancio, abbellito con fiori e nani da giardino. Si passa dal retro. All'ingresso, in un angusto corridoio, un severo quadro raffigurante la Vergine Maria si protende minacciosamente verso di noi. L'immagine è inclinata verso l'osservatore, per enfatizzare la suggestione mistica. A tinte fosche, e con sguardo truce, letteralmente "incombe" su chiunque varchi la soglia. Avvertiamo subito l'inadeguatezza del peccatore gravare i nostri petti. Contriti procediamo nella visita. All'interno si dispiega un percorso nella storia dell'arredo sacro. Sia gli arredi che le tappezzerie hanno un aspetto austero. Le tende in velluto mi ricordano la reggia di Macbeth. Ovunque fanno capolino immagini sacre di santi e beati, croci cristiane, rami d'ulivo e simboli religiosi. L'insieme è talmente kitsch da far sfigurare i migliori negozi di souvenir di Città del Vaticano. Dopo un paio di sguardi la situazione è chiara. Ci piacerebbe molto approfittare di questa soluzione abitativa, ma siamo costretti a constatare che proprio non soddisfa le nostre esigenze. Unicamente per mancanza di requisiti morali, è sottinteso. A malincuore ci sfioriamo le spalle con un fugace segno della croce, ringraziamo devotamente e ci rimettiamo alla ricerca.

I prezzi degli affitti sembrano sempre piuttosto abbordabili, ma dopo una decina di visite ancora fatichiamo a trovare l'appartamento adatto a noi, finché non capitiamo a "Casa Speriamo". La dritta ci arriva dalla Flavia. Una vera garanzia. Il proprietario vive a Roma da tempo, e ormai ha il caratteristico accento dei discendenti della mitologica lupa. Presagio alquanto positivo. Al telefono dimostra una gradevole disponibilità d'animo, oltre a essere davvero simpatico. Ci accordiamo per visitare l'appartamento che fu di sua madre, nel prezioso borgo vecchio di Serpiano. Ci dicono che a Serpiano c'è "anche" l'ufficio postale. Scopriremo presto che c'è "solo" l'ufficio postale. Durante il tragitto, il senso di ignoto che ammanta l'ennesima visita a un alloggio ci spinge a storpiare ironicamente "Serpiano" in "Speriamo", e a quanto pare ciò sortisce un effetto propiziatorio. L'appartamento si trova in uno storico borgo in sasso, di epoca rinascimentale, sorto successivamente agli eventi bellici che videro protagonista Obizzo di Montegarullo, nobile locale dal nome irresistibile e dall'indole ribelle, che molto distrusse e molto ricostruì. Per quanto la nostra contrattazione fosse incentrata su un appartamento, di fatto ci viene messa a disposizione una casa vera e propria, con tanto di giardino terrazzato che si protende verso la maestosa sagoma del monte Cimone. Il primo impatto è dei migliori. Continuando la visita, scopriamo una spaziosa cantina e addirittura una tavernetta, con tanto di cucina e servizi dedicati, e poi un passaggio degno delle segrete di un castello che conduce a un corridoio esterno in cui si trova la legnaia, che porta nel giardino. Il luogo è incantevole. È difficile trasmettere a parole il fascino di un edificio del XVI Secolo, con muri in pietra naturale e strette vie di accesso in solido acciottolato. Non mancano cortili, volte, nicchie, la fontana comune, un forno esterno per cuocere il pane. Un autentico viaggio nell'etnografia delle popolazioni appenniniche. Casa Speriamo ci ha conquistati da subito, ed è apparso chiaro all'istante che avevamo finalmente trovato la nostra nuova dimora.

I nostri anziani vicini, un'energica coppia di montanari, ci hanno accolto con grande cortesia. Per tutta la durata della nostra permanenza, Remo e la Rina si sono rivelati impeccabilmente ospitali e discreti, ed è stato un piacere spendere quotidianamente qualche minuto in chiacchiere con loro. Una volta formalizzato il contratto, e divenuti ufficialmente inquilini di Casa Speriamo, ci mettiamo all'opera per un radicale intervento di pulizia e riorganizzazione degli arredi. Oltre ai locali di servizio, bagno e cucina, l'equilibrio dell'abitazione ruota attorno a due nuclei nevralgici. Il primo è costituito dalla stanza da letto, in cui si trovano il mezzo letto di Fabrizio e il mio, nonché un terzo letto per gli ospiti fissi come Fabio, il tesista più duraturo. A terra c'è spazio sufficiente per almeno tre sacchi a pelo. Questa stanza è pensata per far fronte a un costante avvento di ospiti e collaboratori. La stanza da letto diviene il luogo in cui leggere, scrivere, riposare, e recuperare le energie in una quiete assoluta. Il secondo nucleo di Casa Speriamo è rappresentato da un rustico soggiorno, caratterizzato da un grande e fumoso caminetto che dona alla stanza un tocco di informale convivialità. Qui si trova la televisione, che riceve un solo canale nazionale, e la radio, che forse di stazioni ne riceve due. È il luogo in cui si cena, si segue il telegiornale, si chiacchiera e si scherza, o si ascolta Fabrizio suonare la chitarra. È la sala giochi della casa, in cui il lettore CD è sempre acceso e qualche buon brano musicale scalda gli animi. Ascoltiamo un po' di tutto, principalmente rock anni Settanta: Jethro Tull, Pink Floyd, Led Zeppelin, Deep Purple. È qui che Fabrizio prova gli arpeggi dei brani che suonerà in pubblico, crea eleganti arrangiamenti acustici dei più recenti brani pop in circolazione, e ci impartisce informali lezioni di chitarra.

A Casa Speriamo convive una peculiare comunità composta da tecnici e tesisti. Dopo il lavoro condividiamo un'intimità molto simile a quella dei membri di una stessa famiglia. Diviene implicita una grande vicinanza e sovrapposizione di aspetti anche privati della propria vita. Tuteliamo tuttavia il costante rispetto degli spazi emotivi di ciascuno, per quanto possibile a chi condivide sia la stessa casa che lo stesso lavoro. Tra di noi le domande sono poche e molta, all'occorrenza, la disponibilità ad ascoltare, oppure a rispettare i silenzi di ciascuno. A Serpiano la televisione si è rivelata un elettrodomestico pressoché inutile, un'abitudine poco rimpianta. La routine serale prevede ben altro. Appena entrati in casa qualcuno si occupa di far legna, qualcuno accende il camino, qualcuno si mette in cucina e prepara la cena. Il camino diventa il fulcro della stanza, specialmente in inverno. Cattura la nostra attenzione con ipnotici giochi di fiamma dai colori avvolgenti. A volte ci si lava subito, più raramente dopo cena, a seconda dell'intensità con cui la fame si accanisce sullo stomaco. Poiché il nostro lavoro all'aperto è sostanzialmente individuale, anche se svolto in coordinazione reciproca, il pasto serale assolve all'essenziale ruolo di riempire la pancia, ma assume marcati connotati "sociali": si chiacchiera, ci si racconta aspetti lavorativi, impressioni, episodi, intuizioni. Una consuetudine antica, abbandonata da appena un cinquantennio, contaminata dalla televisione. Poi qualcuno torna al presente, al contingente, si alza da tavola e lava i piatti, mentre le attività del dopo cena hanno inizio. C'è sempre uno di noi che estrae dal cilindro qualcosa da raccontare, da leggere, da ascoltare. Talvolta ci si occupa degli affari propri, senza bisogno di troppe inutili spiegazioni. Il mondo esterno compare sotto forma di una telefonata al cellulare, per un intervallo che raramente supera la mezz'ora. Un grande classico di questi momenti della giornata è la cura degli scarponi, lo strumento di lavoro più prezioso e sfruttato. A turno ciascuno di noi ripete pazientemente il rituale composto dallo sfilare i lacci, pulire le suole, ingrassare accuratamente il cuoio, passare nuovamente i lacci nelle asole, ricomponendo così le nostre robuste calzature che giorno dopo giorno assurgono a una personale identità. Talvolta usciamo sul terrazzo, e davanti a noi il Cimone ci osserva con solida, rassicurante mole, indossando sfumature di colore cucite giorno per giorno dalle stagioni, dal cielo, dalle condizioni meteorologiche. Grazie ai cannocchiali utilizzati per le osservazioni faunistiche possiamo guardare negli occhi la luna, attraverso l'aria tersa, mentre un allocco provvede alla colonna sonora. Dopo circa due ore dal nostro quotidiano rientro a casa, rinfrancati e sazi, siamo ormai pronti per un sano sonno ristoratore. Qualcuno si è già coricato, qualcuno ancora esita davanti al camino, scaldando i propri pensieri più intimi alla tiepida luce delle braci, che occhieggiano discretamente nel focolare. Il silenzio si impossessa nuovamente della cucina, il sonno dei nostri corpi. E fu sera, e fu mattina. Nuovo giorno.

Nel corso del primo inverno a Serpiano, siamo costretti a fare a meno del riscaldamento. La bombola esterna che alimenta la caldaia è vuota a causa di una perdita, riparata solo alla fine di febbraio. A causa di questo fortuito inconveniente abbiamo la possibilità di sperimentare una situazione inusuale, che in parte ci diverte. In casa la temperatura oscilla mediamente tra 6 e 12°C. Niente di grave rispetto al clima sottozero all'esterno, e tuttavia distante dall'accogliente tepore invernale delle nostre abitazioni. Questo costituirebbe un serio deterrente nel caso si desiderasse organizzare un party in costume da bagno, ma fortunatamente non è il nostro caso. A noi piace scoprire di poter vivere anche senza riscaldamento a gas. La nostra arma segreta è rappresentata dal camino a legna, vecchio, fumoso ma estremamente funzionale. Del resto, alle otto del mattino siamo già fuori casa, e non rientriamo che alle otto di sera, spesso più tardi. Non ci sarebbe tempo per accendere una stufa e beneficiare sufficientemente del suo calore. Il riscaldamento a gas, d'altro canto, andrebbe in gran parte sprecato per mantenere una gradevole temperatura in stanze la maggior parte del tempo deserte. Un camino come il nostro si dimostra perfettamente adatto alla situazione. Dopo una giornata passata all'aperto, la fresca temperatura di casa non solo non ci infastidisce, ma ci sembra addirittura gradevole, anche grazie alla fondamentale complicità del nostro abbigliamento da montagna. Il camino, una volta acceso, sprigiona immediatamente un intenso calore che non riesce a contribuire significativamente al riscaldamento di tutta la casa, ma porta il soggiorno, dove ceniamo e ci intratteniamo, a una temperatura addirittura eccessiva, tanto da farci rimanere in maglietta. Fare la doccia, possibilmente prima di cena, è un'azione corroborante e necessaria che non provoca eccessivi traumi, grazie alla sinergia tra l'acqua calda, il rapido coprirsi con l'accappatoio, e il subitaneo esporsi al focolare. Al momento di infilarci sotto le coperte siamo così accaldati per effetto del camino, che il fresco delle altre stanze ci procura quasi un senso di sollievo. Basta infilarsi nel letto e contare fino a dieci, ed ecco che il piumino comincia ad amplificare il calore corporeo. Passiamo così una notte pesante di sogni, sotto tiepide coltri. Al mattino siamo perfettamente riposati. Abbiamo i polmoni liberi. Abbiamo il naso freddo, certo, ma c'è chi sostiene che tale condizione sia per i cani un infallibile indizio di buona salute.

Se Casa Speriamo in inverno non è reputato dai più un luogo ospitale, d'estate sfodera alcune impareggiabili caratteristiche che la candidano a dimora ideale. La temperatura interna è naturalmente fresca, l'umidità impercettibile, il panorama maestoso. D'estate possiamo lavare gli zaini alla fontana, sonnecchiare in giardino, cimentarci nell'arrampicata sportiva sui muri di sasso, giocare alle carte coi vicini, sotto l'antico portale del borgo. D'estate ci muoviamo nelle ore notturne: siamo impegnati con il *wolf-howling*, di cui si dirà più avanti. La nostra giornata lavorativa si svolge specularmene all'inverno. Lavoriamo dalle cinque del pomeriggio alle cinque del mattino. Una volta assimilato un bioritmo prettamente crepuscolare, possiamo approfittare della nostra gradevole dimora alla stregua di turisti a mezza giornata. Ci svegliamo tardi, pressoché all'ora del pranzo che torna ad assumere il ruolo di pasto principale della giornata. I vicini si accorgono di noi, vedendoci oziare per il borgo nel primo pomeriggio, e ci coinvolgono nelle loro faccende. Possiamo così assistere ad alcune attività di grande fascino. Abbiamo seguito i progressi di Remo nella ristrutturazione del prezioso forno in pietra nel cortile, il rifacimento del tetto in pianelle di arenaria, la ricostruzione della canna fumaria con l'inconfondibile pietra sommitale, elemento architettonico tipico della zona.

Una mattina la Rina ci recapita una pagnotta di pane alla toscana, cotta nel rinnovato forno a legna. La pagnotta rappresenta la concretizzazione dell'aggettivo "fragrante". Da bravi scienziati, sottoponiamo l'artigianale prodotto da forno a una prova comparata, abbiamo infatti in casa pane fresco toscano acquistato in un panificio di nostro particolare gradimento. Il pane della Rina vanta una qualità di livello decisamente superiore. Per un caso curioso, inoltre, rimane "appena sfornato" per l'intera settimana. È necessario provvedere a ulteriori indagini: mi accingo ad approfondire il caso. Scopro che quel pane viene cotto ogni quindici giorni, il venerdì mattina. Mi persuado che forse è il caso di sacrificare qualche ora di sonno, e mi accordo con la Rina per assistere alle fasi della preparazione. Il venerdì concordato mi alzo di buon'ora, con le crepe agli occhi e lo sbadiglio facile, per assistere alle prime fasi del rituale. La Rina è già all'opera in un piccolo locale del cortile, dove sta impastando la farina con acqua, olio e niente altro. Ai suoi piedi si trova un secchio contenente il lievito madre: è questo il vero segreto del suo pane. Da ogni impasto, mi racconta, separa una piccola aliquota che conserva nel secchio fino all'impasto successivo, mescolandola quindi a esso. Ho la possibilità di constatare nei fatti tutto ciò. La Rina vuota infatti il contenuto del secchio nel nuovo impasto, amalgama il tutto e prende a dar forma alle pagnotte, che già profumano a prescindere dalla cottura. Le stende su un'asse di legno, e le copre man mano con un telo bianco. Sembra di assistere al lavoro di una balia che con consumati gesti addormenta un disciplinato gruppo di neonati, rimboccando a ciascuno le coperte. Al termine dell'operazione la Rina separa un quantitativo di pasta, circa un chilo, che ripone nuovamente nel secchio, rievocando una sana liturgia pagana che prende forma nell'archetipica fenomenologia di questo semplice gesto. Ci spostiamo al forno. Lasciamo che il pane assimili il sapiente massaggio e riposi, stuzzicato dal prezioso lavoro dei lieviti. La

Rina mi spiega come i tempi di lievitazione possano variare anche di un'ora, in relazione alla temperatura esterna e all'umidità, confermando come la panificazione, un tempo consuetudine in ogni casa, sia un'arte che poco si presta all'improvvisazione. Il forno viene riempito di legna leggera, principalmente ramoscelli, che rapidamente sviluppano un fuoco intenso, anche se di breve durata. Per preservare il calore la bocca del forno viene chiusa. Il preciso susseguirsi di ciascuna fase del lavoro rappresenta un elemento basilare del rituale, come le pause, che non sono mai tempi morti. Bisogna dare il tempo al forno di assorbire il calore, alle fiamme di estinguersi, al pane di gonfiarsi. Finalmente, dopo aver rapidamente rimosso le braci, la Rina inforna ciascuna pagnotta con una pala in legno, riposizionando poi il coperchio davanti alla bocca del forno. Buio e calore abbracciano le acerbe forme di pane, infondendo anima e sostanza. Non resta che attendere, per circa un'ora. Il profumo, la fragranza cresce a ogni minuto. Mi sento come Ulisse esposto al canto delle sirene, irresistibili sirene che profumano di buono. La cosa che più mi stupisce è come la cottura avvenga in assenza di fiamme o braci, solo attraverso il calore restituito dalle pietre. Per questo serve tanto tempo. Quando la luce illumina nuovamente l'interno del forno, la schiena delle pagnotte è perfettamente dorata, e ciascuna di queste curiose creature eduli rispecchia la semplice bellezza della pietra, assume un aspetto centenario, primitivo, rassicurante, intenso. La crosta cede facilmente alla pressione dei denti, emettendo un timido crepitio. La mollica è leggerissima. Il sapore, esaltato dalla tiepida fragranza, non lascia rimpiangere l'assenza di sale. Sveglio i miei compagni, che scoprono a colazione una tavola semplicemente imbandita con olio d'oliva, sale e pane appena sfornato, l'indimenticabile pane della Rina.

Il Ferragosto in Appennino corrisponde al periodo di massima affluenza dei turisti. I villeggianti, che in inverno si concentrano sulle piste sciistiche del monte Cimone, con la bella stagione si disperdono ovunque nei territori del Parco. Nel nostro caso ciò implicava una momentanea sospensione delle attività. Emettere ululati dai crinali e dalle carrarecce del Parco a Ferragosto si sarebbe tradotto, in caso di risposta, nell'esporre la cucciolata alla sconsigliabile visita di qualche curioso escursionista o, peggio, di qualche sedicente giustiziere a caccia di lupi. Valutazioni empiriche ci hanno così spinto ad astenerci dalle attività di ricerca per i dieci giorni centrali di agosto. Ogni volta che ci siamo concessi un'eccezione a tale regola ci sono capitati curiosi episodi. In un caso, dopo l'emissione dell'ululato nella Valle delle Tagliole, ci siamo sentiti rispondere con una formidabile successione di grida animalesche e guaiti assortiti, prodotti da una divertita comitiva di escursionisti. In una successiva occasione la replica è stata una canzone di Battisti, cantata in coro con tanto di accompagnamento di chitarra. Spesso dall'alto di un crinale, a causa degli ululati, sotto di noi abbiamo visto accendersi come lanterne, repentinamente, piccole tende colorate da cui allarmati villeggianti si precipitavano all'esterno per affrontare un improbabile attacco lupino. Talvolta, quando ci capitava di sorprendere campeggiatori abusivi in zone particolarmente delicate del Parco, confesso che abbiamo sfruttato la strumentazione per creare scompiglio, emettendo ululati a breve distanza che inducevano precipitosi traslochi in zone più adatte al bivacco.

A Ferragosto, dunque, il nostro ruolo spesso si limitava a presidiare i siti riproduttivi, onde evitare visite indesiderate ai cuccioli. In questo periodo la nostra abitazione a Speriamo diventava una sorta di casa-vacanza aperta agli amici che, adattandosi a una sistemazione improvvisata, si fermavano da noi qualche giorno per essere portati a spasso per i monti. D'altro canto ciascuno di noi – fidanzate permettendo – sfruttava questo periodo per approfondire la conoscenza del territorio relativamente ad aspetti non strettamente legati al lupo. Da buon vagabondo, ne ho approfittato per dare libero sfogo a una consolidata natura nomade, questa volta senza il pretesto di inseguire lupi. Con qualche amico ho sperimentato un paio di varianti per raggiungere la sommità dei crinali, e ho risalito qualche torrente scoprendo tratti in cui la roccia, levigata dall'acqua, creava sinuose vasche ideali per prendere un bagno ristoratore.

La tranquillità di Casa Speriamo ci ha restituito ogni giorno energie fisiche e concentrazione, riflettendo la quieta armonia del borgo. Ha costituito un'altura, una rocca medievale, un punto di osservazione preferenziale sulla società, da cui riflettere sugli irragionevoli ritmi delle città da cui venivamo, e confrontarli con la vera natura dell'uomo e il suo ruolo sul pianeta. Non era più questione di lavoro la nostra presenza lì, né si trattava di una parentesi, tanto meno di una vacanza. Quel luogo ci aveva cambiati. Ormai era la nostra vita, e ci stava dannatamente comoda.

11 - Canto della Notte

Ritto sulla mia roccia, guardai la sera d'oro immensamente. E venivano gli orizzonti d'oro ai miei occhi, a vedere l'infinito.

Juan Ramon Jiménez

Tra le tecniche da noi utilizzate per compiere indagini sul lupo, un posto particolarmente nevralgico è occupato dal *wolf-howling*. Se si volesse utilizzare una locuzione italiana per definire il *wolf-howling*, la più appropriata sarebbe "tecnica dell'ululato indotto". Ululato, perché prevede di emettere ululati. Indotto, perché con l'ululato si "inducono", si spingono i lupi a rispondere. Si tratta di una metodologia di indagine finalizzata alla localizzazione acustica dei gruppi familiari. Attraverso la riproduzione di ululati registrati, si stimola un gruppo familiare – e in particolare i cuccioli – a ululare a propria volta. I cuccioli guaiscono in maniera caratteristica, rivelando così la localizzazione delle aree riproduttive. Ciò consente di definire le porzioni di territorio scelte per l'allevamento dei nuovi nati, ovvero le aree vitali di cruciale importanza per la conservazione del lupo.

Il *wolf-howling* è stata in assoluto l'attività prevalente nel corso delle estati al Parco. Tale metodologia si è rivelata per noi di fondamentale importanza, sotto il profilo dei risultati conseguiti. Per non parlare dell'intenso coinvolgimento emotivo che inevitabilmente implica. Da un punto di vista prettamente logistico, fare *wolf-howling* significava vivere di notte. Si partiva nel tardo pomeriggio, si verificava la strumentazione audio, ci si accertava di avere il necessario per localizzare un'eventuale risposta, come un dispositivo GPS, una carta, una bussola graduata. Per quanto possibile, abbiamo cercato di muoverci in squadre da due persone. Non tanto per la paura del buio o di eventuali pericoli, ovvero per ragioni di sicurezza, quanto piuttosto per avere la possibilità di disporre di almeno due punti di ascolto. Il territorio è stato suddiviso in sezioni attraversate da una serie di circuiti percorribili in fuoristrada o a piedi, da cui emettere ululati in punti prestabiliti. Avevamo circuiti che corrispondevano a carrarecce, altri che coincidevano con creste o linee di crinale, altri che si inoltravano all'interno di valli. In tal modo abbiamo coperto l'intera area di studio. Dal tramonto all'alba percorrevamo il territorio del Parco, cercando di avere un contatto con l'animale più leggendario dei boschi europei, chiedendogli dove avesse casa e dove custodisse i cuccioli.

Esulando da un contesto scientifico, si potrebbe definire il *wolf-howling* come una sorta di "conversazione con i lupi". Ululare ha per il lupo un duplice significato: rinsalda il legame sociale reciproco tra ciascun membro del branco, e al contempo segnala a eventuali intrusi che il territorio è già occupato, al fine di evitare cruenti scontri tra conspecifici. Ancora una volta la civiltà lupina presenta evidenti similitudini con quella umana, il principio è infatti simile a quello di un'organizzazione feudale tipicamente medievale. Ciascun feudo (un territorio o *home range*) è dominato da una famiglia nobiliare (il branco), è definito da specifici confini (tracciati da marcature olfattive), contiene risorse (le prede) ed è difeso dalle incursioni delle famiglie adiacenti, o dai tentativi dei giovani di scalzare il capobranco. Al pari di una fanfara militare, l'ululato crea spirito di corpo, e segnala al nemico la propria presenza, forza e organizzazione. Forse è il caso di specificare che l'ululato rappresenta una forma di comunicazione specificamente rivolta ad altri lupi, e non una minaccia indirizzata all'uomo o ad altre creature. Muoversi nella notte appenninica si avvicina a un'esperienza di immersione. Un tuffo nel buio dei boschi, e nel tenue chiarore lunare dei crinali. Per questo ho sempre preferito circuiti a piedi, per quanto più faticosi. Il buio di un bosco è un elemento ormai completamente estraneo a parecchi di noi, in grado di suscitare un forte, irrazionale stato di allarme, che induce la maggior parte delle persone a parlare a voce alta, ad accendere torce, a spezzare con ogni mezzo l'oscurità e il silenzio avvertiti come insopportabilmente minacciosi. Mi è capitato diverse volte di camminare con persone non abituate al bosco notturno, avendo modo di constatare nei fatti tutto ciò. Ricordo ad esempio che una sera abbiamo accompagnato in un'uscita notturna Aldo, il padrone di casa, e le sue figlie. Una breve gita, senza particolari intenti scientifici. Aldo è di Roma. Da buon metropolitano era curioso di provare l'esperienza del *wolf-howling* dal vivo. Ai bordi di una carrareccia abbiamo arrestato il pick-up e ci siamo inoltrati per qualche passo all'interno di un'abetaia. Le abetaie sono cupe, anche in pieno giorno, e incutono una particolare suggestione in chi non vi è avvezzo. Ho chiesto a ciascuno dei partecipanti di appoggiarsi a un tronco, di spegnere le luci e di mettersi in ascolto per un minuto. Questo semplice esercizio ha creato grande tensione. Tutti continuavano a chiamarsi, ad accendere torce, ad agitarsi, rimanendo impermeabili alla dimensione notte, sentendola estranea, rifiutandola, per quanto fossimo a non più di quattro metri gli uni dagli altri, e a non più di cinquanta metri dalla macchina. Siamo ormai completamente disabituati a certe esperienze, che creano in noi una tensione immotivata, sproporzionata. All'inizio è stato così anche per noi. Ci muovevamo in un contesto nuovo, senza conoscere bene i luoghi ci inoltravamo di notte tra le faggete, svantaggiati rispetto agli animali selvatici. Anche noi eravamo impermeabili a un ambiente che sentivamo estraneo, e istintivamente cercavamo difesa da esso. Poi qualcosa è cambiato. Non esistono concreti pericoli nella notte appenninica, perlomeno non molti di più di quelli che si possono incontrare alla luce del giorno. Abbiamo appurato con la pratica che le torce paradossalmente limitano a un ristretto cono di luce la visibilità, rendendoci goffi e invadenti, identificabili, estranei al contesto in cui ci si muove. Spegnendo le luci tutto migliora. A parte i tratti nel fitto del bosco, dove il buio è pressoché assoluto, il chiarore stellare, e più ancora quello lunare sono sempre stati più che sufficienti a farci intravedere il sentiero, e a darci una sufficiente percezione delle circostanze. Col cielo sereno, la luna piena genera una luce argentea così intensa da proiettare ombre. Diffonde un chiarore sufficiente anche per l'occhio umano, inadatto all'oscurità. Analogamente, rimanendo in silenzio, potevamo sentire le voci del bosco e avvertire la presenza delle altre creature notturne intorno a noi. L'accresciuta consapevolezza assopisce inutili paure, e stimola un senso di appartenenza, la confidenza con la notte, che non nasconde insidie ma solo i piccoli segreti della natura. Rimanendo al buio abbiamo consentito al buio di assorbirci, di

80

compenetrarci e di renderci parte armonica di questa dimensione, dove conviene ragionare da animali, affidarsi ai sensi, essere popolo tra i popoli.

12 - I popoli della notte

Raramente ci si accorge, muovendosi tra i boschi durante il giorno, che vi sono parecchi altri popoli attorno a noi. Si tratta di specie, per il biologo. Ma popoli è più chiaro, perlomeno sul piano concettuale. Nel seguire il ragionamento che sto per esporre converrebbe tenere a mente *Il Libro della Giungla*, di R. Kipling. Nel libro, il noto scrittore delinea gli animali per gruppi. Scimmie chiassose, lupi organizzati, scaltri elefanti, saggi orsi, pantere sornione, serpenti maligni. Per chi riesca a uscire dai due grandi insiemi, l'uomo da un lato e gli animali dall'altro, è assolutamente intuitivo ritenere che ciascuno di essi costituisce un popolo, dando a tale termine esattamente l'accezione comune, quella che useremmo parlando degli eschimesi, dei pigmei, degli indios, ma anche dei greci, dei francesi, degli spagnoli. Popoli diversi da noi, ma alla stessa stregua. Muovendomi nei boschi, di notte, specie tra le specie, ho avuto la consapevolezza che a nulla valeva pensare a me stesso come uomo, e quindi – secondo l'accezione di molti – creatura posta su un piano alternativo, superiore o parallelo rispetto agli altri animali che percepivo intorno a me. Ritenermi un uomo, un estraneo rispetto al contesto animale, non avrebbe certo dissuaso un cinghiale dal ferirmi, o un lupo dal considerarmi un pasto. Io ero lì, con loro e come loro, e ho dovuto imparare a condividere le medesime regole, quelle del bosco, per poter essere efficace nel mio mestiere e nel mio percorso di apprendimento. Si trattava di muovermi nel buio come rappresentante della specie umana, ma consapevole delle altre specie presenti, ciascuna con la propria tipicità, la propria cultura animale, le proprie caratteristiche. Come se si trattasse di elfi o di gnomi, creature ignote perché lette solo sui libri. Esattamente come avviene per gli animali selvatici, inizialmente conosciuti solo attraverso letture più o meno scientifiche. Mi sono così divertito a catalogare ciascun popolo della notte dimostrandomi indulgente rispetto alle mie proiezioni fantastiche, e aiutato dalle distorsioni di una singolare lente chiamata oscurità.

Come nei racconti di Kipling, anche i popoli dell'Appennino mostrano una spiccata indole, e presentano analogie con il carattere degli animali della giungla. Non ci sono scimmie, ad esempio, ma ci sono i ghiri a farne le veci. Se ne stanno tra le cime degli alberi, pigolando e rosicchiando rami. Mentre percorrevo i circuiti di campionamento, sopra le nostre teste questi curiosi mammiferi notturni si divertivano a tirarci pezzetti di legno, come bambini dispettosi. Spesso ci è capitato di sorprendere i ghiri sulle travi dei bivacchi, e di avere l'occasione di osservare da vicino i vispi occhietti neri e le mani prensili dalle lunghe dita rosa.

Durante le emissioni, gli allocchi regolarmente rispondevano con il loro canto, e spesso si avvicinavano confusi, per capire di preciso se fossimo conspecifici in cerca di guai, o solo un falso allarme. Spesso dai crinali, reso oggetto di radenti planate di controllo, ho potuto constatare quanto sia silenzioso il loro volo, e quanto sia facile interagire con essi. Discriminare il canto di un allocco dai vocalizzi di un lupo è un'assoluta necessità durante il *wolf-howling*, e un classico errore degli studenti alle prime uscite.

Il cinghiale è una presenza decisamente più austera, e piuttosto frequente nelle ore notturne ai bordi dei sentieri. Mi sono trovato spesso vicino a un gruppo di cinghiali selvatici, ancora più spesso vicino a individui solitari o a coppie formate da un maschio adulto e da un subadulto: il maestro e il suo discepolo. A discapito delle leggende, non sono mai stato in reale pericolo. Il cinghiale, dopo aver studiato la situazione, tende ad allontanarsi spontaneamente dall'uomo, senza mostrare segni di nervosismo o aggressività. In un solo caso ho rischiato una carica. Al crepuscolo mi trovavo appollaiato su una scarpata ai piedi delle Cime di Romecchio, solo, in ascolto per tentare una triangolazione acustica. Una volta risalito sul sentiero di crinale "00", spartiacque tra Emilia e Toscana, ho intravisto davanti a me la sagoma di un corpulento cinghiale, a non più di venti metri. Fermo, cercava di interpretare con vista incerta la mia sagoma, non potendo avvertire il mio odore poiché mi trovavo sottovento. Dopo aver emesso un paio di schiocchi di avvertimento, battendo i denti, mi è parso di intravedere una cresta di pelo ergersi sulla schiena, preludio alla carica. Decisamente allarmato, ma senza perdere la calma, ho reagito battendo vigorosamente le bacchette da passeggio l'una contro l'altra e gridando "Giovaaanniii!". Il bestione a quel punto ha avuto ben pochi dubbi sull'identità umana della creatura notturna che gli si parava davanti, ripiegando precipitosamente. Alla luce della mia esperienza, ripetuta positivamente in parecchi casi analoghi, sono ormai persuaso che il grido "Giovanni!" faccia inevitabilmente allontanare anche il più mastodontico cinghiale, pure se non sarei disposto a sostenere in ambienti accademici questa bislacca ma comprovata teoria. Ovviamente il principio che rende efficace la cosa è la pietà provata dal cinghiale per il povero pazzo che si muove sui sentieri di notte, alla ricerca di un ipotetico Giovanni.

Altra consueta presenza delle notti appenniniche è il capriolo. C'è sempre almeno un esemplare di questo aggraziato popolo da qualche parte, nel buio dei boschi emiliani. Il capriolo è un animaletto dall'aspetto fragile e inoffensivo. In realtà si tratta di una specie maledettamente territoriale. In primavera vive una costante allerta ormonale, che spinge i maschi a rincorrersi con intenzioni bellicose. I contendenti si incalzano con scatti brucianti a corna spianate. L'individuo residente, di solito dominante, tenta di scacciare un contendente dal proprio territorio, attraversando a razzo le radure erbose. Punta l'avversario con la violenta indifferenza di un missile terra-terra. Gli sfidanti d'altro canto, onde evitare di fungere da bersaglio, si lanciano in precipitose fughe per schivare le insidiose punte dei palchi, impropriamente noti come corna. In questi frenetici inseguimenti, spesso un malcapitato capriolo finisce per saltare senza riguardo una strada, schiantandosi contro le auto in transito. In condizioni normali i caprioli sono ben più circospetti, pur conservando la loro famigerata indole territoriale. Vigilano al buio, brucando nel sottobosco oppure ai bordi delle radure, con apparente discrezione. Poiché l'attitudine alla difesa dei propri possedimenti avvicina il capriolo al cane, la natura ci ha scherzato sopra, mutando la voce di questo piccolo cervide in un abbaio. Sia che difenda il territorio, sia che segnali una situazione di allarme, il capriolo finirà inevitabilmente per farsi identificare nel buio a causa del proprio abbaio, prolungato e intermittente. A causa di ciò rischia di attirare troppa attenzione. Questo comportamento è scarsamente prudenziale in terre di lupi e bracconieri. Pur non avendo il capriolo una mente acuta e lungimirante, è tuttavia dotato di gambe veloci, con cui è in grado di balzare tra le valli leggero come il vento. La gazzella dell'Appennino confida in questa agilità alla stregua di un'assicurazione sulla vita.

Sono diversi i popoli dell'Appennino che si mostrano solo dopo il tramonto, come se avessero concordato di vivere a turno con la specie umana, e il loro è il turno di notte. Percorrere le strade, i sentieri nelle ore notturne è un ottimo modo per avvicinarsi a esse. Si incontrano i maestosi cervi, talora i variopinti daini. Attraversano il bosco in gruppi, e al crepuscolo brucano l'erba dei campi. In altri contesti è possibile scorgere il fugace, fulmineo passaggio dei mustelidi, come le faine o le donnole, gli scontrosi tassi, la misteriosa martora. Solo di notte l'istrice si avvicina alle abitazioni, ed esplora gli orti. Dopo le piogge le strade si animano dei goffi saltelli dei rospi, che si arrischiano a intraprendere passeggiate più lunghe del solito. Le femmine sono grandi e verrucose. La loro postura suggerisce una qualche affinità con il bulldog inglese, che i maschi di rospo mostrano inequivocabilmente di apprezzare. Sulla lettiera di foglie si sente il passo frusciante e irregolare dei ricci, che esplorano con dedizione le foglie secche alla ricerca di lombrichi e insetti. I fari puntati sull'asfalto talvolta rivelano una forma curiosa, molto simile a una piccola palla di pelo che rotola rasoterra, a gran velocità. Sono vispi topi selvatici o minuti toporagni, presi al pari del riccio dalla· notturna frenesia alimentare.

È lungo l'elenco delle specie notturne, ciascuna con abitudini e caratteristiche peculiari. Sono i popoli della notte, tra i quali ci siamo confusi, imparando a riconoscerne le consuetudini, le caratteristiche, i rumori, i luoghi preferenziali. Un'antropologia degli animali che ha reso questi compagni di buio più vicini a noi, più familiarmente prossimi, ciascuno ospite della notte, emanazione di essa, incarnazione guizzante di un cuore cupo e caldo, che si muove in un antico corpo appenninico composto di roccia, legno e foglia, in cui nessun orco ha osato perseguitarci.

13 - L'Ululato

La prima volta che si sente un ululato in natura, la malinconica voce di un lupo selvatico in libertà, ne rimane un ricordo indelebile. Si tratta di un'esperienza particolarmente intensa che risveglia echi ancestrali nel nostro subconscio, tracce di un sopito istinto ferino. A me è capitato la prima volta nell'Appennino reggiano, nell'ambito di un corso di specializzazione sulla gestione della fauna selvatica. Il contesto non era ideale, facevo parte di un gruppo di qualche decina di persone schiamazzanti, radunate in un'uscita notturna di *wolf-howling*. I ragazzi del Parco regionale del Gigante ci hanno caricati nei cassoni dei pick-up, e condotti presso una cresta rocciosa affacciata su una piccola valle. L'umore non era dei migliori, eravamo stati strapazzati come bestiame, e redarguiti senza mezzi termini perché mantenessimo il silenzio, nel tentativo di placare l'incessante brusio dei partecipanti. Col senno di poi capisco che si trattava di condizioni preliminari necessarie per consentire che l'attività potesse avere esito positivo. Anche in quel caso, col buio dell'Appennino, si è scatenato il solito frenetico vociare e accender torce, che ha imposto più volte l'intervento dei nostri accompagnatori. Il berciare ringhiante del personale del Parco è stato di certo poco civile, ma decisamente efficace nel governare uno scomposto gregge di inesperti in gita. Raggiunta la cresta, finalmente al buio e a bocca chiusa, gli organizzatori hanno atteso qualche minuto affinché si ristabilisse la quiete precedente il nostro arrivo. Trascorrono interminabili attimi, in cui ciascuno ha il tempo di apprezzare la meravigliosa volta stellata, e di intuire tra l'oscurità la fisionomia delle circostanze. Poi il coordinatore attacca con l'ululato. La traccia riproduce il vociare lamentoso di un piccolo gruppo familiare, in cui si distinguono chiaramente gli acuti guaiti dei cuccioli. Il silenzio vetrifica l'aria. Tutti stiamo all'erta, le orecchie metaforicamente tese verso il buio sotto di noi, mentre gli occhi indagano le vaghe sagome nell'oscurità. Trascorre qualche momento. Minuti, forse secondi, ma lunghissimi, e su un distinto piano temporale rispetto a quello degli orologi. Una dimensione dilatata, scandita solo dai respiri dei partecipanti. Poi una risposta. Sotto di noi, a poca distanza. Senza che ci possa fare nulla, all'improvviso ogni pelo del mio corpo si erge, magnetizzato da un suono cupo e prolungato, poche note soffiate dalle labbra, dal collo di un lupo adulto proteso verso il cielo. Un assolo jazz suonato con naturale maestria, il pezzo forte di un solista del bosco dal timbro triste ed energico. Quel suono unico ha toccato nell'intimo ciascuno di noi, facendo vibrare per assonanza corde segrete che ancora ci avvincono all'universo verde della notte, del faggio e del crinale.

Esistono numerosi racconti sul primo ululato udito dai frequentatori dei boschi. Spesso sono suggestivi ed enfatici, come il presente del resto. La spiegazione più semplice è che forse così enfatici non sono. Ritraggono un'esperienza intensa e peculiare così come effettivamente viene sentita, e che è davvero raro poter provare.

La mia prima reazione all'ululato non è stata di paura, ma di allerta. Una sorta di tensione elettrizzante, e al contempo una grande eccitazione emotiva. Una sferzata di energia, prevalentemente di natura irrazionale. Nel buio, sulla rupe, proteso sul baratro e circondato da colleghi, il lupo cantava per noi la propria canzone e io, nel silenzio, sorridevo. Da allora il sentimento più frequente che ho associato ai lupi, in particolare dopo i fugaci contatti diretti, è stato quello della riconoscenza. È così ancora oggi. Questo splendido animale mi ha sempre fornito spunti per vedere le cose da un nuovo punto di vista, di esplorare altre dimensioni del reale, meno consuete e quotidiane, e più radicate a un rapporto stretto e millenario con il contesto naturale. Avvicinarmi al lupo mi ha portato a conoscere un grande popolo animale, più assimilabile a una nobile tribù di nativi che alla creatura gretta tramandata dalle dicerie popolari, o a quella semplificata schematicamente dai trattati scientifici.

Grazie alla mia professione vi è stato più di un primo ululato nella mia vita. È indimenticabile la prima volta che ho udito i cuccioli, al Pollino, con il grande Paolo Ciucci. La prima volta che un lupo ha risposto all'emissione di un ululato registrato. La prima volta che ha risposto a un richiamo vocale umano. La prima volta che ho ascoltato il formidabile ululato corale, in cui tutti i membri del branco all'unisono contribuiscono a comporre un'imponente colonna sonora, che si amplifica nelle valli con l'incontenibile energia di una piena fluviale. Momenti indelebili nella mia memoria. Tra una lunga serie di suggestive esperienze di ascolto vi sono poi episodi che ricordo con particolare compiacimento, e che costituiscono memorie davvero preziose. Solo grazie al primo ululato udito nel modenese, ad esempio, ho compiutamente realizzato che mi trovavo in una zona realmente abitata dal lupo: l'area di studio che stavamo faticosamente indagando. Ben più compiutamente di quanto avessi fatto appoggiandomi a un'informazione desunta dalla genetica, a cui ho creduto per doverosa fiducia nella scienza, senza che niente di viscerale mi fornisse un riscontro anche emotivo. Dopo centinaia di chilometri percorsi, dopo decine di campioni raccolti e analizzati, è in quel momento che ho capito, ho saputo dalla mia pelle, dal mio sangue, che il lupo si trovava realmente nei boschi che anch'io percorrevo, e che mi stava rispondendo. Che eravamo sullo stesso piano, nello stesso luogo, e che comunicavamo con lo stesso ancestrale linguaggio.

Un'altra particolare occasione di incontro "vocale" è occorsa il quattordici luglio del 2003. Mi trovavo impegnato nella prima uscita di campionamento attraverso il *wolf-howling* prevista per quell'estate, e stavo facendo squadra con Davide, ora un amico, allora semplicemente un ragazzo di Faidello freschissimo di laurea in scienze naturali. Davide si trovava suo malgrado alle prime esperienze con l'universo lupino, essendo la nostra la prima ricerca a livello intensivo condotta nei "suoi" boschi. Mai aveva udito un ululato dal vivo, in precedenza. Alle otto e mezza circa, e quindi ancora in piena luce, ci trovavamo già presso il primo punto di emissione del circuito che avremmo percorso quella sera. Il fuoristrada era fermo in corrispondenza di una curva della pista forestale, dove si creava una piccola radura. Lì vicino il fianco di un crinale interno, tra noi e il crinale un torrentello. Soffiava una brezza piacevole e discreta, sufficientemente tenue da provocare solo un lieve fruscio di foglie, mentre i faggi si immergevano gradualmente nella pace serale. Era tale la calma e il silenzio, talmente anomali a quell'ora, che mi sono persuaso ad anticipare l'emissione dell'ululato, prevista immediatamente dopo il tramonto.

In silenzio e con la dovuta circospezione Davide e io estraiamo la strumentazione dal fuoristrada, appoggiandola al suolo per tentare un primo ululato, a volume piuttosto basso. Un lupo ci sta preparando un regalo memorabile. Dopo qualche secondo dall'emissione ecco che dalla faggeta, a circa mezzo chilometro davanti a noi, parte un intenso ululato, che si prolunga ininterrottamente per otto minuti. Il lupo modula poche malinconiche note dal timbro deciso, a pieno volume. Per la breve distanza della risposta, in un eccesso di ottimismo prefiguro già la possibilità di attrarre il lupo allo scoperto, perlomeno quel tanto che basta per dargli un'occhiatina. In preda all'esaltazione del momento bisbiglio le mie intenzioni al povero Davide, che forse non condivide appieno il mio entusiasmo, per ragioni prudenziali che tipicamente accompagnano il neofita. Nonostante ciò dissimula un encomiabile scientifico distacco. Decido di far ripartire la traccia, riducendo al minimo il volume. Quasi istantaneamente ecco partire una seconda interminabile risposta, molto più vicina della precedente. Il cronometro ancora una volta ci riporta una durata di circa dieci minuti. Tendo l'orecchio e resto attento, anche se l'eccitazione ormai è sovrana del mio umore. Davide ha un'espressione vagamente perplessa. Il lupo si sta presentando a lui per la prima volta, e in modo eclatante. Il giovane naturalista continua a fare stoicamente la propria parte, nonostante la perplessità del momento. In futuro ci dimostrerà in più occasioni e inequivocabilmente di non avere alcun timore delle più leggendarie zanne dei boschi. Scruta attento tra i tronchi di faggio, mentre io armeggio per la terza volta con l'apparecchiatura acustica, abbassando ulteriormente il volume e dirigendo la tromba dell'altoparlante in direzione opposta rispetto all'amico canoro. Per la terza volta il lupo coglie la provocazione. Intonando un interminabile assolo blues, si avvicina a noi a tal punto che ci aspettiamo davvero di vederlo sbucare dal bosco da un secondo all'altro. L'intraprendente esemplare compie una suggestiva circumnavigazione del fuoristrada, a poche decine di metri da noi, zigzagando tra i tronchi nel bosco. Comincia a imbrunire, e il sottobosco è ammantato di ombre che ormai proteggono con sufficiente efficacia le mimetiche genti a quattro zampe. L'ululato prosegue, il lupo si avvicina, ci circonda, ci osserva dietro a marmoree colonne di faggio, protetto da verdi tendaggi di clorofilla, facendoci ruotare su noi stessi nel tentativo di cogliere un felpato movimento. Strabuzziamo gli occhi, sgraniamo le pupille, sentiamo i passi, ma il lupo conferma la propria natura di fantasma e sceglie ancora una volta di non svelare il proprio sembiante. Proseguendo nell'ululando si allontana, scende verso il torrente, poi risale sull'altro versante, si ricongiunge al proprio branco e a quel punto, come una salva di fuochi d'artificio, esplode un poderoso ululato corale di adulti e cuccioli, un gospel appenninico dedicato alla natività dei giovani eredi di quei boschi e ai loro antichi sovrani. Per quindici interi minuti un sacro rituale silvano si celebra al nostro cospetto, nel tempio modenese di una specie ritenuta per secoli pericolosa, vile e nefasta. Un momento davvero unico. Vorrei abbracciare Davide, urlare, capire se ha consapevolezza della fortuna che sta vivendo, che caratterizza questo primo tentativo stagionale. Entro soli due anni quel tempio verrà sconsacrato, raso al suolo per far legna, sacrificato senza troppe condizioni alla solita umana ottusità. Ma noi siamo lì, in quel momento. Siamo Heinrich Harrer in Tibet, davanti a riti antichi di una cultura millenaria, appena prima che i cinesi distruggano la sacra città di Lhasa. E come Harrer, fedelmente rendiamo testimonianza.

14 - Altri lupi nel buio

Nella maggior parte dei casi la nostra esperienza di ululati è riconducibile a risposte indotte da ululati registrati. Il lupo tuttavia ulula abitualmente, senza che sia l'uomo a stimolarlo con mezzi più o meno efficaci. Sentire un ululato spontaneo in natura è fonte di grande emozione, un'esperienza di particolare intensità, grazie alla quale si può prendere piena coscienza di essere ospiti di un territorio condiviso da altre importanti creature.

A noi è successo durante i tentativi di localizzazione di un *rendez-vous* estivo. Avevamo individuato la valle, ma non il punto preciso in cui si nascondevano i cuccioli di un branco che più volte ci aveva risposto nel corso dell'estate. Il luogo in cui il branco custodiva i nuovi nati si trovava presso la confluenza di una serie di impluvi. La notevole diffrazione sonora rendeva impossibile la localizzazione dai punti d'ascolto da noi inizialmente prescelti: l'orografia della zona si presentava particolarmente complessa, e ci aveva creato notevoli problemi di triangolazione acustica. Ormai era settembre. Entro breve tempo, qualche giorno forse, i cuccioli sarebbero stati sufficientemente forti da affrontare piccoli spostamenti, e se ne sarebbero andati. Dopo avere analizzato nel dettaglio la conformazione del luogo, Fabrizio e io ci siamo persuasi di accamparci sul crinale, vicini in linea d'aria ai lupi, ma sufficientemente defilati da evitare di spingere il branco a spostarsi. Fabio e Davide, con cui avevamo contatti via radio, ci avrebbero supportati nel lavoro di triangolazione dalla strada che conduceva nella valle, sotto di noi. Dopo aver preparato attrezzature e vettovaglie per tre giorni, abbiamo faticosamente risalito la china che ci separava da un piccolo anfiteatro riparato dal vento, in un punto che offriva una splendida visuale panoramica, consentendoci di dominare dall'alto la zona. Abbiamo affrontato la marcia con zaini che superavano il peso di trenta chili, a causa delle ottiche, della strumentazione per l'ululato, dei treppiedi, del cibo, e soprattutto delle taniche d'acqua. Procedevamo chini in avanti, scaricando buona parte del peso sui bastoncini, che in questi casi si rivelano veri e propri "salvaschiena". Forti raffiche di vento ci sferzavano a più riprese, facendoci vacillare. Passo dopo passo risaliamo il crinale. Dai boschi sotto di noi all'improvviso parte un maestoso, spontaneo ululato corale, ottimo auspicio per la nostra piccola impresa. L'emozione dell'ululato si traduce in una sferzata di energia alle nostre gambe rese legnose dal carico, e indolenzite dalla salita. Con quel canto i lupi ribadivano la loro presenza e coesione familiare. Eravamo sulla strada giusta. Due giorni dopo saremmo riusciti, per primi, a localizzare un *rendez-vous* in territorio modenese.

I contatti diretti con il lupo, in ambiente naturale, sono spesso fugaci, e caratterizzati da un implicito margine di incertezza. Per chi è avvezzo a frequentare boschi, tuttavia, vi sono situazioni in cui si percepisce in altro modo la presenza di un lupo, oltre alla vista. A tale proposito mi sono stati riferiti da persone diverse una serie di episodi più o meno simili nei tratti generali. Gli elementi ricorrenti sono la difficoltà nel vedere il lupo, e la consapevolezza "epidermica" della sua presenza. Ovviamente tali esperienze non possono rivestire alcuna valenza oggettiva, scientifica, né essere trasformati in dati di studio. Rimangono comunque un interessante frammento del complesso universo lupino, e soprattutto della sua leggenda. Per fornire un'idea più concreta di ciò di cui parlo, riporto lo stralcio di un brano scritto dal dottor Andreani, collega del Progetto LIFE, attivo in territorio parmense: "*Dopo quasi 30 notti trascorse ad attendere invano una risposta, al limite della follia tanto da scambiare per ululati anche il lontano eco degli aerei, finalmente ieri notte i lupi hanno risposto al nostro ululato, e che risposta! Un coro tanto perfetto da sembrare finto. Nonostante avessimo sentito solo ululati adulti, tanto per tenerci in allenamento abbiamo comunque pianificato una prova di triangolazione acustica (ossia moltiplicare gli "ascoltatori" per cercare di localizzare precisamente l'origine della risposta). Mentre Cristina e Alessandro si posizionano con l'attrezzatura per l'emissione dello stimolo, io e Lorenza ci portiamo più in alto in mezzo al bosco. Subito sorge un problema non previsto: c'è talmente buio che non capiamo dove siamo e il bosco è tanto fitto da rendere inutile il GPS. Continuiamo a salire, se non ricordo male dovrebbe esserci una radura dritto sopra di noi. Saliamo, la radura c'è, bene, il GPS può funzionare. L'erba è altissima, schiacciata in diversi sentieri. Ne seguiamo uno. La debole luce della torcia lascia intravedere una massa scura in fondo al camminamento, sembra un animale, è un animale: la carcassa di un capriolo sbranato, fresca, ancora rossa di sangue. Porca vacca, siamo saliti troppo, siamo finiti in mezzo ai lupi! Ci spostiamo con cautela, attendiamo l'emissione e poi, inutilmente, la risposta. Se ne sono andati o abbiamo disturbato il loro pasto? L'attesa è più lunga del solito, sarà suggestione, ma ci sentiamo osservati e studiati, il bosco sembra muoversi attorno a noi con passo felpato, avanti e indietro. Sembra che aspetti solo che noi intrusi ce ne andiamo al più presto. Sarà solo suggestione, ma mi piace pensare che i lupi fossero lì ad aspettare che ce ne andassimo, per poter continuare il loro pasto. Il giorno dopo, alla luce del sole, torniamo sul posto: il capriolo non è più al suo posto, è stato trascinato nel bosco. Da chi? Nella radura troviamo due escrementi freschi, buoni per l'analisi genetica: sono WRE10, maschio, e WRE9, femmina, il nostro primo branco".*

Io stesso sono stato protagonista di una vicenda analoga. Nel mio caso gli eventi hanno però assunto connotati decisamente più comici, ai confini della burla, ammesso che ciò sia possibile anche in ambito lupino. Nel corso dell'estate, impegnato nel *wolf-howling* notturno, mi è capitato di compiere emissioni di ululati da un crinale secondario, sovrastante una suggestiva valletta boscata. I punti di emissione erano collocati lungo un circuito che coincideva con la linea di crinale, rivolti alla valle sottostante. Evidentemente quel circuito era frequentato dai lupi. Le prime avvisaglie mi sono giunte una sera in cui, camminando, mi sentivo seguito a breve distanza. Sentivo dei passi sulla lettiera di foglie del bosco, di fianco al sentiero. Per la pesantezza dei passi ho pensato a un ungulato. Per la vicinanza, nello specifico, a un cinghiale. Il passo era comunque troppo discreto, troppo leggero per un sùide. Accendo la torcia, illuminando il sottobosco. A differenza di quanto accade con gli ungulati, che scappano precipitosamente nel giro di un istante, in questo caso nulla si muove. Riprendo a camminare. Di nuovo i passi dietro di me, con un leggero, costante crepitio di foglie, per cento, centocinquanta metri. Poi più niente. Chi conosce la fauna dell'Appennino intuirà che non si tratta di un comportamento usuale. In precedenza, di notte, mi è capitato di essere seguito solo da muli, ma il passo e la discrezione erano decisamente altri.

Poteva essere una persona, ma non si spiega come sia potuta fuggire senza far rumore, come si sia volatilizzata nel bosco, e senza accendere una luce. Gli ungulati d'altro canto sono molto circospetti, fuggono alle prime avvisaglie di pericolo, e l'uomo è inteso come una minaccia. Non potrei mai confermare ciò in un trattato scientifico, ma sono persuaso si trattasse di un lupo. Ad abbassare ulteriormente la mia soglia di scetticismo è bastato quanto successo a distanza di poche notti. Ancora in giro per ululati, nello stesso circuito, mi fermo a una stazione di emissione da cui, a distanza di circa un chilometro in linea d'aria, sento una lunga risposta provenire dalla gola sottostante. La sento propagarsi attraverso la vegetazione, nell'anfiteatro naturale che si dispiega sotto i miei piedi. Solo a fatica ricostruisco una potenziale direzione di provenienza, fortemente falsata dalla diffrazione acustica. Proseguo sul circuito fino al punto successivo, il tempo di un'ulteriore emissione, questa volta senza risposta, e sono sulla via del ritorno. Esattamente nel punto in cui mi trovavo poco prima sento un terribile, caratteristico, inconfondibile odore di merda: una grossa cacca di lupo appena sfornata. Forse lo stesso lupo che rispondeva da lontano deve aver ritenuto opportuno intervenire, per ribadire la propria supremazia territoriale in quella zona. Con un senso della beffa molto umano, ci ha lasciato un ricordino esattamente dove io stesso poco prima appoggiavo i piedi. Umanizzando tali intenti, e con una certa esagerazione narrativa, potremmo ipotizzare che il lupo burlone abbia pensato all'incirca: "Caro scocciatore, sei nel mio territorio, anche se non intendo minacciarti apertamente. Perché tu non possa dubitare di essere nei miei possedimenti, tuttavia, ti lascio un segno tangibile e decisamente odoroso della mia presenza. Riga dritto, il lupo cattivo ti scruta nel buio!". Tale episodio è oltretutto indicativo della formidabile capacità sensoriale dei lupi, in grado di localizzare attraverso l'udito e l'olfatto una presenza, da una parte all'altra di una piccola valle, con uno scarto di qualche centimetro. L'aneddotica sul lupo, del resto, è ricca di tali episodi, forse nella maggior parte dei casi verosimili, ma dalle suggestioni che rasentano gli ambiti del fantastico.

15 - Il bracconaggio

La notte costituisce il contenitore in cui si interseca un variegato campionario di vicende, dai molteplici protagonisti. Tra le verdeggianti coltri boschive, nelle ore notturne si muove un eterogeneo coacervo di creature che anima la volta degli alberi, il cielo sopra di essi, oppure il suolo. Creature in caccia, in esplorazione, in ozio. Allo stesso modo vi sono persone attratte dalla dimensione bosco, quando questo è immerso in un buio pressoché totale, in un suggestivo silenzio appena sottolineato da piccoli rumori fruscianti e scricchiolanti, dal sibilare del vento, dal gorgoglio di un torrente lontano. Così, nel bosco, di notte, capita talvolta di incontrare escursionisti, fungai, ricercatori. Nel bosco si insinuano gli arroganti fanali di un fuoristrada, si intravedono a distanza aloni luminosi, riflessi di torce accese. Nel bosco si incontrano lupi, e si incontrano bracconieri. L'abitudine di muoversi limitando al minimo l'impiego di fonti luminose ci ha portati spesso a una notevole vicinanza con tutto ciò. Solitamente la presenza di luci e rumori è inversamente proporzionale alla liceità delle attività in corso. Immerso nell'oscurità mi è capitato di intercettare fasci luminosi che procedevano nella mia direzione. Nascosto dietro una folta ceppaia di faggio, ho potuto constatare che si trattava semplicemente di raccoglitori di funghi, di quelli convinti che il lavoro notturno sia utile per sbaragliare la concorrenza, e la luce per individuare meglio le cappelle fungine rese più lucide dalla rugiada. Con i bracconieri ci è più volte successo di giocare a rimpiattino, in un singolare inseguimento tra i tronchi in cui a turno ciascuno di noi incalzava le luci altrui, spegnendo le proprie per scomparire nell'oscurità. In un caso siamo stati addirittura presi di mira. Quella volta ero con Fabio. Al solito ci si muoveva a luci spente. Camminando tra gli alberi, spezziamo un ramo sotto lo scarpone, producendo un suono secco subito replicato da un colpo di fucile. Il colpo ci ha mancati davvero per poco, scheggiando la corteccia di un faggio accanto a noi.

Ringrazio il cielo che l'autore di quel gesto non conoscesse qualche tecnica zen per affinare la mira al buio. A causa delle nostre immediate imprecazioni, e per aver capito che non vi erano suini all'orizzonte ma piuttosto guai con la Giustizia, l'incosciente se l'è data a gambe di gran carriera, rigorosamente al buio.

Il bracconaggio ha radici antiche. In passato ha avuto senso e diritto di essere, rappresentando una necessaria forma di sostentamento. Si sarebbe potuto chiamare "caccia", se non fosse che spesso veniva praticato in aree dove la caccia era riservata alla ristretta cerchia di un potente locale. Oggi la situazione è cambiata. Il vero bracconiere, quello che conosce come pochi gli animali di un luogo, li segue, li osserva e talvolta li caccia, quasi non esiste più. Il bracconaggio è praticato da vigliacchi, oppure da giovani stupidi in cerca di emozioni. Li attrae il bosco, e al contempo una velata reminiscenza di istinto predatorio, che spesso si traduce unicamente nella sensazione di potere associata alle armi da fuoco. Il bracconiere tradizionale caccia consapevolmente, persegue un obiettivo preciso, prepara il momento, individua selettivamente la propria preda, la uccide con precisione, maestria, e quindi se ne serve. A questo tipo di bracconaggio, che non condivido ma che comprendo, se ne affianca uno più strisciante, malato, maleodorante di viltà e decadenza. È quello delle trappole, dei lacci, dei bocconi avvelenati. È quello dei colpi sparati a caso, su qualsiasi preda capiti a tiro (tesisti e ricercatori inclusi). È un bracconaggio che uccide per fastidio, per noia, per rabbia o superficialità. Si esercita senza competenze, senza metodo o scuola, senza etica (ne)né arte. E allora capita di trovare animali storpiati, mutilati, agonizzanti, o morti nei modi peggiori. Lupi, volpi con gli intestini fuoriusciti dall'addome, prigionieri di un cavo d'acciaio, con i denti completamente consumati nel tentativo di reciderlo. Capita di trovare povere bestie che si staccano le zampe a morsi, o che soffocano nello spasmodico tentativo di liberarsi da un implacabile cappio di metallo. Può succedere di rinvenire carcasse irrigidite di bestie rimaste vittima di avvelenamenti, che nella lugubre rigidità del *rigor mortis* conservano un'orrenda smorfia di dolore, impressa da una letale, prolungata agonia. Le azioni antibracconaggio, l'applicazione delle leggi, le punizioni inferte ai colpevoli sono caratterizzate da un certo lassismo "all'italiana". Raramente costituiscono un deterrente davvero efficace. Riconosco che non è certo questa la sede per affrontare un simile argomento. Alla luce della mia esperienza, tuttavia, devo sottolineare come il bracconaggio rimanga, in particolare per il lupo, una delle minacce più concrete, irrisolte e frequenti.

Nei periodi di passo autunnale, ovvero durante le migrazioni, il crinale emiliano spartiacque con la Toscana diviene luogo preferenziale per cacciare, più o meno legalmente, gli uccelli che si spostano in terre più calde. Non è facile immaginare a quale punto arrivi lo sforzo prodotto dagli appassionati per esercitare questo tipo di caccia. Durante le nostre peregrinazioni in quota, Fabrizio e io abbiamo avuto modo di osservare in parecchi punti del crinale, nel territorio toscano, vere e proprie tendopoli dall'organizzazione militare. Tende dormitorio, una tenda cucina, improvvisate fuciliere, dispense per i viveri, sacchi a pelo, tracce di falò. Un articolato accampamento distante solo pochi metri dal confine del Parco. Uno sforzo logistico consistente rivolto alla caccia del colombaccio, ma non solo. Tutto più o meno lecito, fin qui. Un modo discutibile ma ammissibile di passare il proprio tempo. A ben guardare, tuttavia, scopriamo qualcosa che ci piace meno. In territorio modenese, e quindi all'interno del Parco, in cui la caccia è vietata, ci sono numerose postazioni di sparo. Come avveniva in tempo di guerra, poco sotto il crinale, in corrispondenza delle tendopoli, ci sono brevi trincee, punti di tiro protetti da muretti, pietre accatastate, rami, fogliame, tessuto mimetico. Nelle postazioni bossoli, lattine, tracce di cibo. E di nuovo bossoli più in basso, a testimoniare un'intensa caccia di frodo nell'area protetta. Uno spettacolo piuttosto deludente, talmente organizzato da far dubitare che le istituzioni di protezione non ne siano al corrente. Ne parliamo a Paolo, il direttore del Parco. Ci racconta di come siano state realizzate azioni antibracconaggio poco tempo prima, concluse con la cattura di un bracconiere colto letteralmente sul fatto. Paolo ci mette al corrente di quanto sia difficile organizzare questo tipo di interventi, che difficilmente vengono condivisi poiché espongono i politici locali allo sgradito fuoco di fila delle associazioni venatorie. Inoltre le priorità degli organismi deputati alla vigilanza pare siano altre. Aggiungiamo un nuovo dato al nostro bagaglio di conoscenze sulle aree protette, e sulle numerose contraddizioni intrinseche nella loro struttura di governo.

16 - La nascita delle leggende

Sin dagli albori della civiltà la notte è per l'uomo foriera di leggende. Alle origini del linguaggio umano, l'arrivo del crepuscolo ha rappresentato un (ineludibile)inelusibile pretesto per raccogliersi attorno a un fuoco, e raccontarsi qualcosa. Si tratta di uno dei più remoti gesti di socialità, agli albori delle civiltà umane e caposaldo della nostra cultura. Il primitivo contesto naturale ha plausibilmente rappresentato la quinta teatrale dei primi racconti, con ogni probabilità inerenti episodi di caccia o finalizzati alla condivisione di informazioni sulle risorse del territorio. Da tale aspetto prettamente funzionale della comunicazione orale, è facile immaginare come in breve tempo si sia giunti a più colorite storie sulle gesta dei cacciatori o dei guerrieri, sul valore individuale. Facile immaginare l'importanza di tali storie nell'accrescere il prestigio sociale dei protagonisti: è lo stesso principio che ancora oggi anima i racconti di caccia. Altrettanto immediato è arguire come siano nate leggende, fiabe, favole. Miti aventi come protagonista l'uomo, l'animale, gli elementi naturali, i fenomeni atmosferici e geofisici quali fulmini, terremoti, tempeste, e ovviamente la creazione umana più suggestiva: gli dei.

J. R. R. Tolkien, nel saggio *Sulle fiabe*, ipotizza che l'ontologia della fiaba sia addirittura più complessa della storia biologica della razza umana, e intrinsecamente legata alla nascita del linguaggio. La notte è stata per millenni una sorta di catalizzatore di proiezioni fantastiche, in cui la dimensione del reale si dilata, maschera i propri connotati più oggettivi, attinge a un patrimonio di suggestioni tipicamente legato all'universo fiabesco. Di notte la mente umana traduce la realtà in sogno, e lo traveste di leggenda. Il buio, i riflessi del fuoco, il chiacchiericcio di sussurri e crepitii, le voci degli animali notturni, sono tutti elementi che per millenni hanno nutrito la fantasia dell'uomo selvatico, popolandola di creature surreali. Il cervello dei nostri antenati, prodigiosamente sviluppato rispetto a qualsiasi altra creatura, ha sovrapposto significati fantastici alle informazioni provenienti dai sensi, trasformando i suoni, le sensazioni notturne, la penombra dei boschi in una suggestiva e variegata epica di popoli fantastici, proiettata sulla tela nera dei nostri timori più reconditi, irrazionali, ancestrali. Comune all'intera specie umana, seppur con molte varianti, è sorta una tradizione narrativa popolare incentrata su orchi, elfi, gnomi, e ovviamente lupi, per secoli tramandata chiacchierando attorno a un focolare. Assieme al piacere – e al potere – del racconto, l'uomo ha inoltre scoperto un formidabile strumento: la metafora. Le creature del male (le nostre paure, celate nel buio, nell'ignoto), insidiano la stirpe umana che, riscattandosi dalla barbarie (la vita selvatica), anela alla luce, al bene e alla vittoria. L'annosa lotta tra bene e male è sovente descritta con l'avvicendarsi del giorno e della notte, da cui forse trae la propria origine pagana, e quindi cristiana, caricandosi vieppiù di sovrastrutture simboliche. La notte e gli elementi naturali, in sostanza, forse sono più implicati nella nascita del racconto di quanto non si sia disposti a riconoscere, per la lontananza degli accademici dalle condizioni di vita quotidiana, dai temi, dagli interessi dei primi uomini che hanno avvertito in sé il fermento della creazione culturale. Nel corso delle notti estive in Appennino, abbiamo avuto un piccolissimo assaggio di tutto ciò, sperimentando sulla nostra pelle il fascino, il richiamo e il potere di suggestione delle tenebre sulla sconfinata natura immaginifica dell'uomo.

17 - Genti di montagna

Girovagando per l'Appennino, abbiamo avuto occasione di visitare case, frequentare bar, entrare in confidenza in molti modi con gli abitanti del luogo. Nella maggior parte dei casi si tratta di persone ormai anziane, che proprio per questo hanno sempre una testimonianza in serbo, che volentieri regalano al proprio interlocutore. Gente che vive in montagna da sempre, magari nella stessa casa che appartiene da secoli ai propri antenati. Oppure gente che in gioventù è partita per lavoro, per dare un'opportunità ai figli. Gente che l'Appennino ha richiamato a sé, facendo leva dal profondo, su un nostalgico senso di appartenenza e di origine. Tendendo quei solidi fili dei ricordi che in gioventù aveva avvinto ai loro cuori. Ciascuno di loro ha più di una storia in serbo, che merita di essere ascoltata. E sono i luoghi più marginali, spesso insospettabili, a celare le storie migliori.

I vicini montanari

Ricordo con gratitudine le occasionali chiacchierate con i nostri vicini di casa, Remo e la Rina, che occasionalmente ci raccontavano le vicende del borgo, di Serpiano e del passo Cento Croci. In gioventù Remo lavorava nei campi, a qualche chilometro da casa, e raggiungeva il lavoro a piedi. Le occasioni di divertimento erano rare, era necessario lavorare la terra, dissodare, falciare i prati, seminare. Anche quelle che oggi sono considerate attività ricreative, come la caccia, assumevano il ruolo di fondamentale integrazione all'economia domestica, procacciando carne preziosa. Ci hanno raccontato episodi che oggi si stenta a comprendere. A proposito del loro incontro, ad esempio, avvenuto a una festa da ballo. Quando erano molto giovani, le occasioni di ritrovo difettavano. In una casa a poca distanza – poca solo per le gambe di un montanaro – un amico organizzava occasionali feste da ballo. Inutile sottolineare come tali feste assumessero un ruolo fondamentale nel consentire ai ragazzi del posto di incontrarsi, frequentarsi, conoscersi meglio in un'occasione ricreativa e non lavorativa. Persone come Remo e la Rina lavoravano sin dall'alba nei campi o nel bosco. Una volta rincasati, tuttavia, senza concedersi riposo si rassettavano, e con gli abiti buoni si rimettevano in cammino verso l'abitazione dell'amico. Dopo una marcia per irti sentieri, si ritrovavano nel casalingo locale da ballo dove le danze e le chiacchiere si prolungavano fino a tarda ora. Remo ricordava come talvolta rincasasse all'alba, dopo l'ennesima camminata, avendo giusto il tempo per fare colazione prima di tornare nuovamente al lavoro. Pochi di noi possono vantare una simile resistenza, e sopportare esperienze come questa senza perdere il sorriso e il buonumore. È opportuno sottolineare come nessuno di loro svolgesse mansioni impiegatizie, per cui la fine della giornata lavorativa corrispondeva spesso all'approssimarsi dell'esaurimento delle risorse energetiche individuali. L'esatta antitesi della situazione attuale in cui parecchie persone, all'uscita dall'ufficio, si rinchiudono in una palestra per potersi stancare artificialmente, per incrinare anche di poco una routine prettamente sedentaria.

Era piacevole chiacchierare con tali vicini. Volentieri coglievamo l'occasione per un fugace scambio di battute sul nostro lavoro, e non solo. Remo ricordava volentieri episodi del borgo, oppure storie di caccia che talora si tingevano dei foschi colori del dramma. Un vecchio conoscente, ad esempio, tempo fa aveva ucciso il fratello sparando con leggerezza a un frusciare di foglie, senza accertare la natura del bersaglio. Ogni anziano montanaro conosce la storia di un cacciatore che ha ucciso un compagno, un fratello, per sbaglio. Non ho mai capito se si tratti di un incidente particolarmente ricorrente, o di una leggenda tramandata di osteria in osteria. Del resto le storie di caccia compongono un ricchissimo filone con cui si potrebbero riempire diversi libri di racconti. La fantasia e l'estro creativo che talora caratterizzano il mondo venatorio si esprimono in diversi ambiti. Esiste una nutrita aneddotica che riguarda le spedizioni di caccia (e le relative sbornie preparatorie), oppure le prede, dalle incredibili dimensioni, resistenza, forza, astuzia. Ma anche gli incidenti di caccia, frequentemente spassosi, talora drammatici. Gli incredibili protagonisti di queste storie hanno suggestivi soprannomi: il

Buttero, il Boia, Capinera. Un piccolo mondo che compone l'ennesimo significativo tassello della vita di montagna.

L'Americano

Nella preparazione delle osservazioni agli ungulati, mi sono inerpicato col fuoristrada su ogni versante che potesse offrire una buona prospettiva delle radure da verificare, e che fosse agevolmente raggiungibile. Talvolta il punto migliore si trovava in prossimità di abitazioni private. In tali casi ci si accordava con i proprietari onde evitare di creare apprensione ai residenti, che avrebbero visto ignoti figuri, con cavalletti e cannocchiali telescopici, aggirarsi sotto le loro finestre di casa alle cinque di mattina. Durante questo lavoro di preparazione, abbiamo preso contatti con una famiglia che vantava, davanti alla propria abitazione, il cortile più panoramico dei dintorni. Era l'abitazione di un tizio che in zona chiamavano "l'Americano". L'Americano era un anziano signore dallo strascicato accento *yankee*, emigrato negli Stati Uniti in tempo di guerra. Talora rientrava in Italia per far visita ai parenti. Durante il lavoro siamo capitati a casa sua proprio durante uno di questi periodi di rientro. Cogliendo l'occasione per chiacchierare con qualcuno, l'Americano ci ha raccontato a lungo della vita oltre oceano, e di come sia tutto più grande, più bello, più organizzato. Ci ha parlato della sua gioventù, della guerra, delle inaspettate opportunità statunitensi. Partendo dalla vita negli USA, tuttavia, lentamente il suo racconto ha risalito la corrente dei ricordi, a ritroso, fino a rievocare le condizioni di vita di un tempo, in Appennino, quando cacciava le volpi che uccidevano le galline di casa. Da una parvenza di euforia e compiacimento per l'esperienza americana, dal suo racconto è lentamente emersa una crescente malinconia per il tempo passato e per le sue montagne, gli amici di un tempo, la vita semplice ed essenziale. Ancora una volta l'Appennino aveva avvinghiato con fili d'oro il cuore di un suo figlio, e la lontananza, tendendo tali fili, faceva uscire dai ricordi più sedimentati gocce scure di nostalgia. Chi nasce montanaro, resta montanaro per sempre. Anche in America.

Il marito della Milvana

Non di rado il visitatore riceve dalle genti della montagna un'impressione di ostilità. Ciò ovviamente dipende dalle circostanze in cui si determina il primo contatto, che spesso avviene nei bar di cui l'Appennino è disseminato. Vicino a Serpiano è presente un vecchio bar, con annesso ristorante. La proprietaria, che chiameremo Milvana, è una solare, attempata signora bionda. Una vera imprenditrice che concentra in sé i molteplici ruoli di proprietaria, barista, ristoratrice, alimentarista e "rezdora", l'autentica donna di casa, la reggitrice del desco e detentrice delle chiavi della dispensa, così come all'uomo competevano quelle della cantina. Esternamente il locale altro non è che una comune abitazione, con la facciata bianca e, sul retro, un ampio terrazzo coperto. In realtà la porticina d'ingresso in alluminio, gli adesivi sui vetri, e le colorate tende estive, tradiscono discretamente la natura polifunzionale del caseggiato. Dall'ingresso si accede a uno stretto corridoio che funge da bar, mini- market e passaggio per la sala del ristorante. Appena dietro alla porta si diparte il bancone, a sinistra. Contro il muro, a destra, è incastrato un tavolino. Sul tavolino siede l'anziano marito della signora. Il marito è il pezzo forte dell'arredamento. È sempre lì, a ogni ora, in ogni stagione. Porta sulla testa un consunto cappello di lana. Indossa sulle spalle ossute una giacca vecchia di cinquant'anni, in lana come il cappello. Ha baffi grigi, e guance scavate. Sembra il vecchio della birra Moretti, forse è davvero lui. Se ne sta ricurvo al tavolino, con le carte in mano, elaborando un infinito solitario. Sembra che attenda da un'eternità i fantasmi di qualche lontano amico, con cui farsi finalmente una partita a briscola. Col visitatore è taciturno. Non si scompone in saluti. Osserva gli ospiti con una studiata sbirciatina, con occhietti furbi che ammiccano sotto la falda del cappello. All'occorrenza chiama la moglie con un rauco verso. Il vecchio montanaro non è mai scortese, ha solo la pelle un po' più dura per il freddo, l'età e la solitudine. Basta non lasciarsi intimidire troppo. Caffè dopo caffè, con pazienza, sono riuscito a instaurare un dialogo. Spesso sul tempo, poi sulle proprietà benefiche della birra fresca, sulle incredibili virtù della Panda 4x4, sull'abbandono delle montagne, sulla voglia di vedere giovani tra i monti, perché i paesi stanno morendo. Non manco mai di fermarmi quando capito da quelle parti, saluto la moglie, bevo un caffè e scambio un paio di battute con il vecchio. È un bel momento, mi fa sentire ancora parte di quel mondo, e temo che quel mondo stia sparendo in fretta. Mi piace sapere che il vecchio è lì, sornione e taciturno, in attesa di giocare alle carte con qualcuno. Mi piace pensare che resta pazientemente in attesa di parlare con avventori ormai andati, gente come lui oggi sostituita da gente come me, clienti di passaggio buoni giusto per un caffè.

Ricercatori e pastori

Da quando il primo uomo ha riunito il primo gregge di pecore, il lupo è il nemico ufficiale, più antico e inveterato del pastore. Il nostro mestiere implicava pertanto una periodica visita ai pastori della zona. Ci interessava capire se avessero avuto problemi col lupo, quale fosse la natura di tali problemi e quale il nostro margine di intervento per mitigare o risolvere gli inconvenienti legati alla convivenza con questo predatore. L'approccio con i pastori è sempre stato disteso e improntato alla cordialità: "Maledetti voi e i lupi! Bisognerebbe ammazzarvi tutti! Se non fosse reato vi taglierei la gola in questo istante!". Questo simpatico campionario di insulti e minacce era il saluto che di prassi i pastori si impegnavano a rivolgerci. Le colorite espressioni ci facevano sorridere, ma aprivano uno squarcio che lasciava intuire quale concrezionato pregiudizio si debba affrontare nel mettere il naso tra lupi e pastorizia.

Un pomeriggio di fine agosto abbiamo raggiunto un pastore toscano sui pascoli a ridosso del crinale tosco-emiliano. Sapevamo che in zona era presente un gruppo familiare coi lupetti al *rendez-vous*. In tale periodo i cuccioli richiedono grandi quantità di cibo e mamma lupa, per sfamare la prole, si avvicina alle pecore spinta dalla necessità. I pastori d'altro canto, come misura preventiva, spargono attorno ai pascoli diversi bocconi avvelenati. Il nostro obiettivo era scongiurare eventuali uccisioni illegali, e al contempo tutelare il pastore da episodi di predazione dovuti al lupo. Raggiunto il pastore, abbiamo dapprima constatato con sollievo la presenza di tre cani, anche se non si trattava dei famigerati cani da pastore maremmano-abruzzesi, ma più semplicemente di cani paratori, inadatti a difendere ma buoni per radunare. Il pastore toscano, che al solito saluta maledicendo, ci riferisce che in effetti qualche giorno prima i lupi si sono avvicinati al gregge, messi in fuga dai cani prima di poter combinare guai. Rimaniamo per un'ora con il tosco, spiegando il senso del nostro lavoro, illustrando il ruolo ecologico del lupo e come esso si nutra solo in minima parte di bestiame domestico. Sottolineiamo l'importanza di avere i cani, offrendo l'opportunità di costruire, a spese del progetto, un recinto anti-lupo per proteggere le pecore. Evidenziamo il pericolo rappresentato dai bocconi avvelenati per diverse specie animali, compresi i cani degli escursionisti e degli stessi pastori. Facciamo notare come sia legalmente perseguibile chi ricorra a questa tecnica di sterminio. Un veterinario dell'USL ci supporta in quest'opera di evangelizzazione lupina, e pare che dopo molte, molte parole la ragione sia tornata sulla terra. Salutiamo il pastore scambiando i numeri di telefono, forti della nostra scienza, e compiaciuti per il nostro utile intervento. Il pastore ci saluta cordialmente esclamando: "A ciascuno il suo mestiere...". Ci aspettiamo che la frase si concluda riconoscendo ai biologi le proprie competenze professionali in materia lupina. "A ciascuno il suo mestiere, al lupo le pecore". e a quel punto ci sentiamo davvero un po' coglioni.

Fabrizio è riuscito a trovare un argomento unificatore tra chi studia e tutela il lupo, cioè noi, e chi lo vorrebbe annientare, come i pastori. In una delle nostre periodiche visite alle greggi, Fabrizio viene accolto da un noto pastore con l'usuale cerimonia di insulti. Attende pazientemente che il rituale intimidatorio si concluda, e quindi attacca a chiacchierare del più e del meno. Il pastore non cede. A costui si associa un anziano collega, che allo stesso modo non intende mostrarsi cordiale. Entrambi continuano a minacciare e piangere miseria. Fabrizio tiene duro e lavora di pazienza. Si informa sull'utilità del recinto appena costruito, e rinnova la disponibilità a supportare i pastori con azioni di prevenzione dalle predazioni. Il pastore ancora non si ammorbidisce, e tiene alti i toni. Passa in quell'istante una campeggiatrice francese, molto poco vestita. In zona è presente un grande raduno di campeggiatori di cui dirò tra poco. Il pastore dimentica all'istante il lupo, le pecore e l'intero universo. Punta gli occhi sulle fresche forme della giovane, e prende a sbavare commenti di gradimento strappando un sorriso a Fabrizio. La breccia è aperta. L'argomento si sposta sulle campeggiatrici, e presto toccherà battezzare con la grappa il neonato sodalizio tra nemici e tutori del lupo.

Non tutti i pastori hanno avuto un atteggiamento apertamente ostile nei nostri confronti. Ho avuto parecchie occasioni per ammirare il paziente lavoro di un professionista delle greggi, originario di Doccia di Fiumalbo. Questo pastore, che chiamerò Renzo, frequenta le pendici del monte Cimone, versante sud-est. Si tratta di una zona parecchio frequentata dai lupi, che tuttavia non rappresentano un problema per l'amico Renzo. Esce egli stesso con le greggi, ogni giorno e per tutto il periodo dell'alpeggio, riportando le pecore a casa ogni sera. Riceve aiuto da un fedele cane lupo di colore grigio, col pelo variegato da nere macchie tonde simili a quelle di un dalmata. Questa tipologia di cane, dal caratteristico aspetto, è in realtà molto diffusa e apprezzata tra i pastori dell'Appennino. Renzo segue il proprio gregge passo a passo, per questo è raro che subisca predazioni, come succede ad altri pastori meno scrupolosi. Ci è noto solo un caso di predazione a suo carico, da lui stesso confermato. Una pecora zoppa, rimasta indietro rispetto al gregge al rientro serale, è stata uccisa e quindi sottratta dai lupi. Ho rinvenuto di persona la chiazza di sangue sul sentiero, il mattino successivo, e ho cercato Renzo. Il pastore ci ha riferito come sia risalito a recuperare la pecora, dopo aver rinchiuso il gregge, trovandola morta poco più in alto. Constatando l'accaduto, ha lasciato le spoglie dell'animale al lupo, senza inveire né richiedere il legittimo risarcimento, peraltro previsto per legge. Evidentemente per qualche pastore la perdita di un capo l'anno, a causa dei lupi, rientra in una consapevole ottica di rischio professionale. Tale atteggiamento, tuttavia, è da ritenersi più unico che raro.

L'amico Renzo è stata una figura ricorrente nei nostri tre anni appenninici, con cui chiacchierare volentieri presso i pascoli alti del Cimone e di Padule il Piano. Chi vuole essere amico del pastore, tuttavia, deve essere amico della grappa, e questa è un autentico requisito professionale per il biologo o il naturalista. Per ragioni lavorative ci siamo trovati nella necessità di istituire una "peloteca", ovvero un campionario di tipologie di pelo delle potenziali prede del lupo, sia selvatiche che domestiche. La peloteca avrebbe dovuto includere, per ovvie ragioni, campioni di vello di pecora. A chi altri chiedere, se non all'amico pastore? Con una sparuta delegazione di studenti, ci siamo presentati a casa di Renzo per inoltrare la nostra richiesta, peraltro accolta senza problemi. Dopo averci maledetti un po', poco davvero rispetto ai colleghi, Renzo ci ha accolti in una stanza povera e dall'aspetto d'altri tempi, con un grosso camino acceso e le pareti annerite dal fumo di centinaia di ceppi bruciati. Vasetti sulle scaffalature a vista, ceste di vimini, e formaggi. Tutta la famiglia ci si è fatta intorno, il calore era forte e piacevole. Un calore scaturito dal camino, ma anche dall'antico rituale di accoglienza che da secoli si ripete davanti al focolare, quando un ospite entra in casa, in stanze grezze e belle come quella. Renzo piazza sul tavolo tre bocce di vetro da cinque litri, con un mestolo nell'imboccatura: grappa di fragole, grappa di mirtilli, grappa di ginepro. Parla e bevi, bevi e parla, trascorrono due ore in un clima sereno e collaborativo. Gli studenti cominciano a essere strani, una ride, l'altro alza la voce, e dice cose insensate. Il pastore e la sua famiglia si divertono un sacco, studiando l'effetto della sbronza sui nostri giovani. Prima che la situazione degeneri è meglio riportarli a casa. Salutiamo e rientriamo. In poche occasioni sono stato così bene. Ho avuto l'impressione di vivere un rituale che concentrava lo spirito più autentico delle genti di montagna, diffuso in diversi contesti rurali. Una situazione radicata nei secoli, e ancor oggi senza tempo. L'ospite è sacro e attorno a un tavolo, con un bicchiere di grappa in mano, è più facile fare amicizia e scambiarsi i panni. Perché un buon biologo deve essere pastore, pecora e lupo. Perché una persona non può dirsi compiuta se non si esercita sulla prospettiva, immedesimandosi in altre vite, compenetrandosi in altre realtà, assimilando la rara, solidissima ricchezza di un contatto autentico tra persone che reciprocamente si rispettano.

Gli scarponi fatti a mano

Renzo il pastore aveva scarponi bellissimi. Cuoio scuro cucito a mano, nessuna concessione inutile a colori vivaci, lacci colorati o altre frivolezze, aspetto solido e antico. Il paradigma dello scarpone da montagna. Parlando di quelle calzature, il pastore ci ha rivelato che si trattava di un modello fatto a mano, a misura dei propri piedi, per compensare una lieve malformazione causata da un incidente. Già, perché un tempo esistevano i calzolai, e tutte le calzature erano realizzate completamente a mano, spesso su misura, in relazione alle esigenze dell'acquirente. Compresi gli scarponi. Ho così appreso che presso l'Abetone, località Le Regine, erano ancora in attività i fratelli Seghi, ottantenni mastri calzolai. Ho deciso di concedermi un regalo: un paio di scarponi su misura. In un pomeriggio di libertà ho scovato la bottega. Solo una sobria vetrina, parzialmente mascherata dalla condensa sul vetro, con poche calzature esposte. Stivali da cavallerizzo, robuste scarpe maschili, classici modelli femminili. Anche autentici scarponi da sci in cuoio, per le tavole in faggio di inizio secolo, evidentemente commissionati da qualche appassionato collezionista. Una produzione di nicchia, ma dall'elevatissimo valore artigianale. Non un campionario, ma semplicemente modelli già realizzati, esposti in attesa di essere ritirati dai committenti.

Sono entrato, accolto da un caratteristico odore di colla e cuoio. Un anziano signore indaffarato, con un lungo grembiule blu, armeggia su un lembo di pellame. Qualche cliente è in attesa, nell'ambiente angusto ingombro di materiali. Ne approfitto per sbirciare il calendario appeso al muro. Come mi è stato riferito, riporta giorno per giorno minuziose note meteo, che si dice vengano raccolte ormai da diversi decenni. Giunto il mio turno, ottengo finalmente l'attenzione del signore col grembiule. Esprimo il desiderio di poter avere un paio di scarponi su misura. Si può fare. Dapprima uno dei due fratelli artigiani, l'addetto alla tomaia, mi fa appoggiare il piede scalzo su un aggeggio in legno, registrando lunghezza e larghezza. Poi con un laccio provvede alla misurazione della circonferenza. Passiamo quindi alla scelta dei materiali, il tipo di pelle, e di conseguenza il colore. Infine è il turno della suola: un solido Vibram "Montagna". Approfitto delle circostanze per sbirciarmi attorno. Orgogliosamente, gli artigiani mi mostrano il retrobottega, con le voluminose macchine per cucire. Ovunque fogli di pellame, cuoio di diverso spessore, forme in legno di varie misure, talune con dispositivi per modificarne le dimensioni o la lunghezza. Dopo un'attesa di due mesi, gli scarponi sono finalmente confezionati. Un bellissimo paio di calzature da montagna in vacchetta, di colore rossiccio. Mi sono soffermato a lungo a osservarne la meticolosa lavorazione, le robuste cuciture, la cura dei particolari. Un prodotto superbo, pagato la bellezza di duecentocinquanta euro. È un'emozione particolare maneggiare una calzatura costruita come un tempo. Lo è a maggior ragione se si considera l'età degli ottuagenari mastri artigiani che ne hanno curato la creazione. Sono costretto ad ammettere che uno scarpone professionale da montagna, acquistabile in un negozio specializzato, offre prestazioni e caratteristiche tecniche di ordine superiore. Ma non di tanto. Con una buona ingrassata, questi scarponi artigianali mi hanno offerto in ogni stagione solidità, affidabilità e una buona presa al suolo, di natura decisamente superiore alla media degli scarponi da montagna presenti sul mercato. Parola di pastore.

Poldo

Da sempre le comunità umane includono personaggi caratteristici, originali, anticonformisti. I borghi, le frazioni, ma anche i singoli quartieri di una città hanno i propri "difformi", che si tratti di veri malati, mentecatti o di individui particolarmente estrosi. Perché ogni luogo impone abitudini e comportamenti convenzionali, che rendono "strano" agli occhi della gente chiunque si discosti da essi. È il caso di dire che costoro, se non manifestano comportamenti pericolosi, sono i personaggi più interessanti e benvoluti, in grado di caratterizzare la vita delle singole comunità locali con una sferzata di originalità. È mia impressione che i paesi più piccoli, rispetto alle città, offrano maggiori probabilità che costoro possano essere assorbiti dal tessuto sociale. I barboni, gli invisibili, i veri disadattati sono soprattutto di città. In paese c'è sempre qualcuno che vigila, che aiuta, che interviene in caso di necessità. I paesi adottano e accudiscono i propri matti. È questo il caso di Poldo.

Poldo è un ometto di mezza età, piccolo, pelato e rotondo. Capita spesso di vederlo passare con aria affaccendata nella via principale di Pievepelago o Fiumalbo, mentre blatera qualcosa a mezza voce. Si guarda intorno con occhietti vispi, e studia i passanti sollevando il sopracciglio. Non è zoppo, ma procede con passo rapido e leggermente claudicante. Tutti lo salutano, qualcuno si ferma e scambia due parole.

Diverse volte abbiamo incrociato Poldo, fin dai primi giorni di lavoro, ma la presentazione ufficiale è avvenuta in circostanze piuttosto singolari. Dopo un pomeriggio trascorso in ufficio, Fabrizio e io ce ne andiamo al bar a fare uno spuntino. Dalla strada si ode gridare a gran voce: "Pecatriiice! Tì sé na pecatrice!" (Peccatrice! Sei una peccatrice!). Entriamo. Poldo è dietro al banco, di fianco all'Emilia, la barista. Inveisce alzando il dito, è rosso in volto, continua a gridare "peccatrice". La situazione ci pare tesa. Un paio di avventori, tuttavia, osservano solo distrattamente quanto accade. In effetti non c'è niente da temere. L'Emilia è una gentile signora di buon cuore, e per un poco lascia fare. Infine si scoccia, redarguisce bruscamente Poldo, che si mette quieto come un bimbo. Gli intima di abbassare la voce e di comportarsi educatamente. Poldo scivola fuori dal banco, l'Emilia saluta, e lui semplicemente se ne va, come se niente fosse successo. È frequente incontrarlo nei bar che predilige, dove i gestori lo accolgono di buon grado, e talvolta lo coinvolgono in semplici commissioni, come vuotare il cassetto dei fondi di caffè, o trasportare con una carriola il sacco dei rifiuti fino al cassonetto. Di solito tali lavori gli valgono qualche compenso, per un accordo non scritto che torna comodo sia a Poldo che ai bar. Le persone che lo conoscono, e lo conoscono da tempo, di volta in volta gli hanno chiesto una mano per svolgere qualche banale incombenza, dandogli qualcosa in cambio. E così Poldo è sempre molto affaccendato. Deve spostarsi continuamente da Pievepelago a Fiumalbo, per aiutare gli amici baristi, e lo fa rigorosamente a piedi. Diverse volte abbiamo sorpreso Poldo mentre macinava il tratto di strada che divide questi due epicentri del suo mondo. Ma per tutto c'è una ragione: la predisposizione pedonale del nostro paladino è infatti legata a un curioso aneddoto. Pare che tempo fa, nella necessità di effettuare uno dei suoi incessanti spostamenti, abbia accettato un passaggio da un conoscente. Il gentile autista era però tossicodipendente, e questo genere di vizi è conciliabile con la guida sicura più o meno quanto lo è con una vita lunga e sana. La leggenda vuole che a un certo punto del tragitto la macchina sia uscita di strada, cappottando in modo tragicomico. I meglio informati riportano come il nostro Poldo sia schizzato fuori dalla vettura in preda al panico, starnazzando come un'anatra e investendo di insulti il ragazzo alla guida, piuttosto in malarnese. Da allora, saggiamente, preferisce spostarsi a piedi.

Talvolta con le dita di una mano disegna fugacemente nell'aria il segno della croce, all'indirizzo di qualche compaesano che risponde facendo gli scongiuri. Perchè il vero lavoro di Poldo è al servizio della parrocchia di Fiumalbo. Serve messa, dunque, ma la sua vera specializzazione sono i cortei funebri. Assiste il sacerdote, segue il feretro, tiene la candela o la croce. E seppellisce le salme. Quella che sembra una benedizione, impartita con espressione seriosa e mano esperta, è in realtà un modo per segnare le persone che si augura moriranno presto, i compaesani antipatici, che gli lanciano battute o che lo stuzzicano benignamente. È il suo modo di prendersi una piccola rivincita, come se dicesse: "Per oggi ridi, ma un domani morirai anche tu, e sarò io a seppellirti!". Passa per proverbio la volta che Poldo ebbe un contrasto con il prete. Non so per quale motivo andò su tutte le furie e rinnegò il suo ruolo ausiliario. Prendendo la questione di petto, andò ben oltre e si fece musulmano. A quell'epoca, molto prima del nostro arrivo, si dice che girasse nei bar bestemmiando, e rifiutasse sdegnosamente tutto ciò che aveva sentore d'incenso e di cristianità.

È con una piccola nota di orgoglio che confesso che anche noi, come altri compaesani, ci siamo presi l'aerea "benedizione" di Poldino piè veloce, e siamo addirittura riusciti a fargli accettare un passaggio in fuoristrada. Lunga vita a Poldo, personaggio tra i più coloriti, e forse più amati, delle terre comprese tra il Fiume Albo e la Pieve del Pelago.

Elfi e cacciatori

Nell'estate del 2003 i prati dell'Alpesigola, rilievo che domina Serpiano, hanno ospitato un raduno internazionale di campeggiatori. In effetti non è appropriato definire i partecipanti semplicemente "campeggiatori". Più correttamente si trattava di emuli in chiave contemporanea del movimento hippie. La dicitura italiana è "elfi". Deriva dal nome di una nota e consistente comunità anarchica pistoiese i cui membri si sono autodefiniti "il popolo degli elfi", con riferimento al popolo dei boschi della mitologia nordeuropea. Ogni anno i membri di questo movimento internazionale organizzano un raduno, o meglio, un Festival dell'Arcobaleno in un'area naturale, rimanendovi non meno di un mese. Arrivano alla spicciolata, montano una tenda, e il gioco è fatto. I partecipanti al festival sono coloriti individui che praticano una pacifica forma di anarchia, girano poco vestiti o completamente nudi, sono sessualmente disinibiti, suonano e danzano. Si dedicano all'astrologia, e talora sperimentano strani intrugli fungini, dai poteri vagamente allucinogeni ma decisamente tossici. Giusto per chiarire la situazione, nel corso del raduno qualche furbastro si è fumato le scaglie dell'*Amanita pantherina*. Questo comune fungo velenoso contiene muscimolo, un alcaloide psicoattivo che provoca uno stato di percezione alterata. Incidentalmente, tuttavia, il funghetto contiene anche muscarina, alcaloide che altera il funzionamento del sistema nervoso autonomo. Più semplicemente: fa stare da cani, provoca un collasso, e in taluni casi la morte. L'iniziativa elfica "Fumiamoci la Pantherina!" ha riscosso un tale successo che almeno trenta ragazzi sono brutalmente collassati, e l'elisoccorso ha passato una giornata intera a traghettare gli elfi più sballati dalla cima del monte agli ospedali più vicini. Effetti collaterali dell'anarchia. Sul monte Alpesigola vive una popolazione di cervi molto nota agli studiosi, ai cacciatori e ai bracconieri della zona. Inutile dire che tali categorie, all'unanimità e in separate sedi, si sono trovate ad avanzare perplessità sull'opportunità del raduno, per la discutibile scelta di un'area con particolare rilevanza faunistica. Dopo l'arrivo dei campeggiatori, una delegazione di cacciatori capeggiata da un noto macellaio decide di salire all'Alpe, per verificare la situazione e dissuadere i partecipanti. I paladini della fauna, uniti in un improvvisato comitato per la difesa del cervo, partono con passo deciso ed espressione truce, raggiungono le lagacce, e ivi rimangono per quattro lunghe ore. Il mattino successivo incontriamo l'amico macellaio, che si abbandona a sperticate lodi di "quei bravi ragazzi", che non fanno del male a nessuno e rispettano il bosco. La circostanza è sospetta, e prendiamo ulteriori informazioni. Apprendiamo che l'ostile delegazione pare sia stata accolta al proprio arrivo da un inusuale comitato di benvenuto. Alcune giovani ragazze olandesi, nude come solo nel sogno erotico di un cacciatore potrebbero essere, hanno accolto i nostri paladini, che si sono divisi nelle tende qua e là. Nessuno può dire con esattezza cosa sia successo in quelle tende, ma il giorno dopo per i nostri cacciatori il sole splendeva più alto, e l'aria era intrisa di amore e tolleranza. Divino potere dell'anarchia!

Nel corso dell'estate 2003 tra il Passo delle Cento Croci e Pievepelago c'era sempre qualche autostoppista elfico, che regolarmente veniva caricato da qualche passante motorizzato. I locali, e in particolare i bar e i negozi di alimentari, hanno molto apprezzato la presenza degli ospiti estivi. Gli elfi hanno infatti impresso una positiva sferzata all'economia locale. In aggiunta a ciò hanno regalato qualche "diversivo" a mariti annoiati e a giovanotti locali in cerca di avventure. Relativamente ai passaggi, anche noi abbiamo fatto la nostra parte, caricando in diverse occasioni gli ospiti estivi. Come si potrà immaginare, il campionario umano delle persone salite sui nostri automezzi è stato notevolmente vario. Ciascuno di loro incarna una vicenda personale meritevole di essere raccontata. Tra i personaggi ospitati, ricordo tre giovani greci dalle lunghe barbe, vestiti con abiti tradizionali, che si sono compostamente accomodati sul sedile posteriore della mia vecchissima Panda 45. Sembravano gufi su un trespolo. Arrancando per tornanti, abbiamo instaurato un curioso dialogo multilingue. Uno di loro fungeva da intermediario. Parlottavano un poco tra loro, come vecchi saggi in un concilio d'altri tempi. "*Sikokakos, kossakikokos...*", sillabe curiose con una cadenza tra lo spagnolo e il cinese. Il delegato al dialogo se ne usciva con una domanda in inglese o in un italiano semplificato, ma corretto: "C'è supermercato Pievepelago?". Noi rispondevamo di conseguenza, lui traduceva, scatenando di nuovo un buffo, educato parlottio sul sedile posteriore. Arrivati in paese, i ragazzi hanno salutato e ringraziato, allontanandosi come i moschettieri, tre in uno. Più curiosa è la vicenda di una ragazza canadese, e dell'amica giapponese. Io alla guida, Fabio di fianco a me. Le ragazze sono carine, e attraggono palesemente l'attenzione di Fabio. Una volta salite in macchina, attacchiamo il solito discorso in un inglese semplificato. Da dove vieni? Dove te ne vai? Fabio si gira e prende a chiacchierare. La giapponese tace, la canadese è più loquace. *"I'm from Canada, my girlfriend from Japan"*. Fabio si entusiasma, ma forse non è il caso. Evidentemente c'è un particolare che gli sfugge. *"Me and my girlfriend, we want to go to Rome"* dice la canadese, o qualcosa del genere. Fabio pare felice, e si impegna nella conversazione, nutrendo speranze di amicizia. Siamo a destinazione, le ragazze scendono. Fabio è più euforico del solito, e mi confessa che la canadese gli va a genio. A quel punto intervengo: "Caro Fabio, non credi che ci sia un problema tecnico che limita drasticamente le tue speranze di successo?". E lui: "Perchè è canadese?". Insisto: "Cosa significa *girlfriend*"? E lui, prontamente: "Ragazza, fidanzata!". "E cosa significa *my girlfriend*?". E lui, di nuovo, con una sfumatura di perplessità: "La mia ragazza". Lo guardo, con un sorrisetto di scherno. Fabio fissa un punto davanti a sé, per qualche secondo, e poi, con sincero scoramento: "Cazzo, una lesbica!". Scordava che quando gli elfi parlano di amore libero, non si riferiscono solo al numero, ma anche alla natura dei rapporti, ed è un principio che applicano con grande abnegazione.

Avviandomi alla fine del presente capitolo, più prolisso di altri, mi concedo una rapida considerazione conclusiva. A mio avviso è in montagna che oggi si ravvisano le condizioni di vita più adatte all'uomo. Trasferirsi in montagna implica compiere un piccolo passo indietro rispetto alle condizioni di vita che si riscontrano in città. Ma forse questo è vero principalmente in relazione alle attrattive mondane e alle opportunità professionali. I paesi sono ancora a misura d'uomo, c'è meno caos, meno inquinamento, minore degrado sociale, uno spiccato senso della comunità. Il senso civico è inoltre più sviluppato, così come l'abitudine di garantirsi aiuto reciproco. È ancora forte il legame con le stagioni, pur senza rinunciare alle comodità. Il clima non è più così rigido, né le condizioni di vita così estreme. Per chi vive tra i monti è forte il desiderio di fuggire, ma per chi fugge è altrettanto forte il desiderio di ritornare. La montagna, pur con piccoli disagi, offre oggi l'opportunità di una vita più sana. È un vero peccato che l'importanza che si attribuisce ai monti il più delle volte sia direttamente proporzionale al numero di impianti di risalita, o di attrattive commerciali. E poi le terre alte nascondono storie antiche. Cercare queste storie, frequentare questi luoghi con spirito aperto e cuore silenzioso, rappresenta forse un modo per trovare qualcosa che ci manca, scoprire un pezzo della nostra storia biologica e di individui che gratifica, completa e predispone a una vita più adatta alla nostra natura di animali sociali nati nei boschi.

18 - La curiosa storia del lupo Ligabue

Nel libro *Lupi*, il saggista Barry Lopez – forse non a torto – tende a considerare i biologi come delle creature mosse da una ferrea logica scientifica, che tuttavia porta a trascurare una visione più generale e ricca dell'universo animale. Una sorta di aridità emotiva, che implica il rifiuto di interpretazioni più ampie e fantasiose, anche se meno oggettive. Il biologo, al pari del matematico o del fisico, è chiamato a descrivere processi legati ai viventi attraverso un necessario rigore scientifico, che impone di schematizzare i fenomeni osservati. Nel caso di studi sul comportamento e sull'ecologia di una specie, la biologia mira in particolare a un'interpretazione in chiave evoluzionistica. Volendo semplificare drasticamente, la biologia tende a ricondurre tutto ad alcuni fondamentali interrogativi: perchè una specie in uno specifico contesto ambientale si comporta così? Qual è il vantaggio in termini di sopravvivenza che ne deriva? Essendo una schematizzazione, è ovvio che le sfumature vadano perse, e spesso sono proprio le sfumature a piacerci di più, anche se ci avvicinano maggiormente all'errore. Il biologo, tuttavia, è pur sempre una persona, divisa tra la necessità di attenersi a un piano prettamente oggettivo, e un'imprescindibile sfera privata che lo coinvolge sotto un profilo più personale ed emotivo. Posso confessare di non essermi mai scostato da una certa severità interpretativa, in fase di elaborazione dei dati, ma di non aver mai smesso di emozionarmi profondamente per il mio lavoro, seguendo sul campo una creatura leggendaria ed elusiva, seppur reale, come il lupo. Sono riuscito ad assuefarmi alle singolari modalità di ricerca dei dati, alla fatica, all'incertezza, ma non mi sono mai abituato al profondo senso di gratificazione dovuto al contatto con una specie così particolare e vicina a noi. Tanto meno quando, per una serie di circostanze singolari, mi sono trovato molto, molto vicino a un lupo selvatico.

La domanda che in assoluto mi hanno rivolto più spesso, a proposito del mio lavoro, è stata: "Hai visto i lupi?". Come chiarito in precedenza, non abbiamo prodotto sforzi significativi per condurre osservazioni, in quanto la nostra indagine si basava su informazioni indirette, inerenti l'ecologia della specie in ambiente appenninico. Tra i nostri obiettivi non era contemplato di indagare aspetti prettamente comportamentali, non erano quindi previste indagini etologiche, in relazione alle quali l'osservazione diretta diviene insostituibile. Vi sono stati comunque diversi incontri fugaci, tra noi e i lupi, e un caso davvero unico: la curiosa storia del lupo Ligabue.

Nell'estate 2004 abbiamo individuato la localizzazione di un *rendez-vous* nel modenese. Grazie a un sopralluogo mirato, abbiamo reperito parecchi campioni biologici (feci), da cui è stato possibile identificare geneticamente i nuovi cuccioli del branco. Tra di essi era presente un piccolo lupo, ribattezzato in seguito Ligabue. Questo lupo, giovane ma precoce, ha mostrato subito una grande intraprendenza e una passione per i viaggi. Alla tenera età di dieci mesi – praticamente un ragazzino delle scuole medie – lascia la famiglia e si dirige dapprima verso il monte Libro Aperto e l'Abetone, per poi puntare verso la città di Parma, seguendo un tragitto che possiamo solo ipotizzare. Un lupo, per quanto intraprendente, non ha certo indole cittadina, e in una metropoli l'istinto lo aiuta ben poco. Per un misterioso caso Ligabue scende in collina, poi raggiunge la pianura e decide di attraversare la tangenziale di Parma, dove malauguratamente viene investito. Si tratta di una circostanza perlomeno singolare, ma gli animali sono avvezzi a confezionare sorprese come questa agli scienziati. Pur malconcio, Ligabue sopravvive all'incidente. Il nostro collega parmense, Mario, viene interpellato dai soccorritori. Mario è l'unico veterinario del nostro Progetto. Responsabilmente decide, pur con un certo scetticismo, di farsi due ore di macchina per portarsi in città e verificare l'accaduto. Con una certa sorpresa constata che Ligabue ha tutto l'aspetto di un lupo, e non di un cane di conformazione lupoide. L'esame del DNA confermerà quest'impressione. Non c'è tempo da perdere: Ligabue è sotto l'effetto di barbiturici, ha subito un forte trauma cranico, e a causa dell'urto presenta una compressione alla spalla che non gli consente di muovere una delle zampe anteriori. Dopo una serie di telefonate istituzionali, Mario riparte alla volta dell'Appennino, portando con sé il prezioso lupetto. Una volta a casa predispone opportunamente un locale per la degenza, riadattando uno dei due ambienti di una piccola stalla per cavalli. Qui ristabilisce gradualmente il paziente, lo cura, lo nutre, gli procura i cibi più adeguati. Ligabue reagisce bene, mangia e si rimette presto in forze. Inutile descrivere la soddisfazione di Mario nel constatare la rapida ripresa del singolare ospite. Il lupo dopo pochi giorni è addirittura in grado di saltare una parete divisoria di due metri d'altezza, utilizzando tre sole zampe. Facile immaginare lo sgomento provato da Mario nell'accorgersi della scomparsa di Ligabue dall'ambiente di degenza, e il sollievo nel ritrovarlo perfettamente in salute dalla parte opposta della parete. Poco alla volta la notizia di Ligabue arriva al personale del Progetto. Nonostante l'enorme curiosità suscitata, si rende necessario evitare in tutti i modi il formarsi di una processione di visitatori, in primo luogo per non disturbare il giovane paziente, e secondariamente per evitare di attirare l'attenzione di eventuali malintenzionati. Perché c'è ancora gente che si diverte a uccidere lupi, ed è meglio evitare occasioni perché ciò avvenga addirittura a domicilio.

Qualche giorno dopo l'investimento, Fabrizio e io veniamo chiamati da Mario. La telefonata arriva in tarda mattinata mentre aiutiamo alcuni colleghi nel catturare caprioli a scopo di studio. Nel pomeriggio Mario visiterà Ligabue e potremo assistere, anche se a una certa distanza. È una notizia che ci riempie di gioia. Partiamo immediatamente alla volta dell'Appennino parmense, e la mia vecchia Panda vola come una BMW, divorando l'autostrada, le salite, i tornanti. Arriviamo da Mario. Prima di raggiungere il nostro cucciolo, il collega ci racconta del decorso clinico. Ci confessa che manipolare un lupo selvatico rinchiuso e dolorante gli ha creato una certa apprensione. Del resto la dentatura di questi animali è davvero formidabile. Potrebbero spezzare le ossa del braccio di un uomo come noi masticheremmo un pezzo di torrone. Ligabue, tuttavia, non ha opposto resistenza alle cure, dimostrando curiosamente una certa timidezza. Mario ha preso ogni precauzione per evitare confidenze eccessive, con l'intento di evitare che il suo paziente potesse manifestare in seguito atteggiamenti di familiarità verso l'uomo, e finire in disgrazia.

Saliamo sul fuoristrada. C'è un sacco di neve, che continua a scendere a intermittenza. Arriviamo ai piedi di una breve salita, il fuoristrada non è più in grado di proseguire. Poco sopra di noi si trova la stalla, e in essa il lupo. Silenziosamente scendiamo dall'automezzo e ci avviamo. Davanti alla porta del piccolo edificio Mario ci elargisce qualche rapida raccomandazione, ma la nostra testa è già altrove. Dietro quella porta di legno, divisa orizzontalmente in due scomparti, c'è il misterioso soggetto delle nostre ricerche, l'animale più immateriale che abiti l'Appennino e che spesso abbiamo dubitato potesse esistere realmente. Non si tratta del solito lupo malato e nevrotico di un recinto faunistico, o di uno zoo, ma di un vero lupo selvatico. Un nostro cucciolo. Dietro quella porta. Ormai non parliamo più, bisbigliamo, comunichiamo a gesti, mentre con premura Mario apre la parte superiore della porta e sbircia all'interno. Poi ci rivolge un cenno, e uno alla volta ci avviciniamo per guardare all'interno. Si avverte un piacevole odore di resina. Dapprima non si vede nulla, a causa del bagliore della neve ancora impresso nei nostri occhi. Poi nell'oscurità, sul pavimento coperto di lettiera, segatura di abete, si scorge una forma irregolare, forse una zampa di capriolo. Poco alla volta l'oscurità diviene penetrabile, e la stanza risulta avvolta solo da una lieve penombra. Ligabue è acciambellato in un angolo, volta le spalle alla porta. Ha capito di essere osservato, e lentamente si volta. Il movimento del collo è incerto, non ha ancora recuperato le forze. Altrettanto lentamente punta lo sguardo su di me. Non dimenticherò mai quegli occhi, che per un istante si fissano nei miei. Emettono un suggestivo bagliore verde, riflettendo la luce che filtra all'interno. Sono occhi obliqui, occhi selvatici. Non ho mai riscontrato niente di simile nell'universo canino. Eppure quell'espressione non è truce, non sembra aggressiva. Piuttosto è l'intensità di quello sguardo a elettrizzarmi. Sarà suggestione, le troppe letture, le favole dell'infanzia, ma in quel fugace contatto visivo scorre un magnetismo antico, una dialettica preda-predatore fatta di tutte le sfumature che non stanno in un libro, di tutti i silenzi che arricchiscono un discorso, della consapevolezza di un ruolo millenario in cui anche chi caccia conosce la morte, e chi soccombe conosce il coraggio. È un'emozione che mi riconduce dal mio ruolo di biologo alla mia essenza di uomo, e dalla mia specie alle altre specie, al più ampio equilibrio tra i viventi, tra chi caccia e chi è cacciato, dove un solo sguardo determina una conversazione ancestrale fatta di termini che le parole non potranno mai copiare. Una comunicazione che segue regole più antiche e profonde di ogni consapevolezza e di ogni oggettivazione antropocentrica. In quello sguardo si materializzano le innumerevoli interpretazioni del dio lupo dei popoli nativi, l'archetipo del predatore selvatico, l'*alter ego* dell'uomo, l'essenza stessa, lo spirito personificato del lupo millenario che ritorna in un riflesso, nello sguardo fugace e fiero di un giovane lupo malconcio. Poi Ligabue altrettanto lentamente distoglie lo sguardo, e appoggia il muso tra le zampe anteriori. Mi stacco dalla porta. Mario entra, e comincia la medicazione. Mi sento in fiamme, è stupido ne convengo. Mi inginocchio e appoggio il volto nella neve fresca. Ho l'impressione di essere tornato da un viaggio nel tempo e nello spazio, di avere recuperato qualcosa che non conoscevo, e che pure si trovava lì, da qualche parte dentro di me, in un luogo ormai irraggiungibile.

Dopo una fitta rete di contatti tra soggetti istituzionalmente preposti, si decide che Ligabue verrà rilasciato con un radiocollare GPS satellitare. Il primo lupo in Italia a essere dotato di tale tecnologia. Il radiocollare consentirà di seguire attraverso i satelliti gli spostamenti di Ligabue, fornendo la possibilità di ottenere importanti dati, per la prima volta relativi al contesto italiano. Ma per noi non è solo una questione di dati, non lo è più. A distanza di una decina di giorni, nella giornata più nevosa che io ricordi, Ligabue viene rilasciato. La mattina sono di fianco a lui, assieme a un veterinario e ad altri ricercatori. È sedato, per non subire traumi emotivi durante il trasporto. Ha il corpo snello, larghe piante dei piedi, il pelo folto e morbido. Non è un animale possente, ha infatti un aspetto piuttosto scarno, dimesso, che stride con l'indole famelica che gli si attribuisce. Si intravedono i lunghi canini tra le labbra nere. Gli occhi sono chiusi in un sonno nervoso, forzato, da cui presto verrà liberato grazie a un antidoto, ma ora lo spirito lupino è prigioniero della chimica, e totalmente inerme ai nostri piedi. Lo sarà per poco ancora. Carichiamo Ligabue in un'apposita cassa, con una saracinesca che faciliterà il rilascio. Dopo un breve tragitto in auto, sistemiamo la cassa su una portantina, una sorta di slitta con quattro manici, utilizzata sulle piste da sci per il trasporto degli infortunati. In tal modo Ligabue, al riparo nella cassa, verrà condotto fino al luogo di rilascio, scivolando sulla neve come un prezioso paziente. Per il trasporto, che si preannuncia piuttosto difficoltoso, viene reclutato parecchio personale: tutti noi del Progetto, gli agenti del Corpo Forestale, la Polizia Provinciale. Tra di essi scorgiamo qualche rappresentante delle istituzioni e degli organi di stampa, ma anche curiosi e "amici di amici". A causa della neve alta il tragitto con la cassa si rivela particolarmente faticoso, ma Mario e Paolo non cedono, e coordinano con determinazione il lavoro del folto gruppo di collaboratori. Giungiamo così alla radura in cui Ligabue avrà restituita la propria libertà, scortati da un'inopportuna folla. Decisamente troppa gente, noi compresi. Ma ormai non importa più: la cassa viene aperta, l'antidoto iniettato. Dopo qualche istante di incertezza Ligabue sbircia fuori dalla saracinesca, per poi uscire di slancio e allontanarsi con pochi balzi. Scompare nella neve, letteralmente immerso in essa, accolto dal materno manto ovattato, protetto dalle solide braccia del bosco. Lo vedo sotto un cespuglio di rosa, a poca distanza da me. È libero ora, abbiamo assolto al nostro compito, Ligabue è salvo. Il radiocollare funziona, e noi ce ne possiamo finalmente andare. Ligabue ha di nuovo un destino.

Per il luogo di provenienza, e per la direzione intrapresa, in breve tempo appare chiaro che Ligabue è in cerca di un nuovo territorio: un biologo direbbe che è in fase di dispersione. Se ogni lupo è prezioso, Ligabue è ogni lupo, e sta cercando un pezzo di mondo che gli stia comodo. Ripercorrendo esattamente le stesse tappe toccate dal popolo lupino nel ricolonizzare le aree montuose settentrionali, si sposta nell'Appennino piacentino e quindi in quello ligure. Raggiunge le Alpi Marittime, passa nel Mercantour, in territorio francese, poi ritorna in territorio italiano. Il giovane Ligabue, un anno di vita e trentacinque chili di peso, con una zampa acciaccata dopo un brutto incidente, percorre più di mille chilometri. Nel primo viaggio di un lupo trasmesso via satellite, infrange in pochi mesi tutti i record di dispersione a noi noti. Conferma inoltre le teorie sulle dinamiche di ricolonizzazione della Penisola, spostandosi verso nord lungo la dorsale appenninica. Le televisioni sono con lui, attraverso le informazioni diffuse dalla Provincia di Parma e dall'Università La Sapienza. Diversi telegiornali passano servizi su questa curiosa odissea.

Nel corso del viaggio di Ligabue il nostro contratto giunge al termine, e non ci è possibile rimanere aggiornati sui suoi spostamenti, ormai siamo esclusi dal gioco. Un giorno sventurato apprendiamo della morte del nostro cucciolo. Pare che Ligabue fosse in procinto di formare una nuova coppia con una lupa, nel territorio del Parco Nazionale della Alpi Marittime. I colleghi piemontesi erano stati portati al corrente dell'intera vicenda, e ne seguivano anche sul campo gli sviluppi. Secondo quanto da loro indirettamente appreso, pare che Ligabue abbia sconfinato all'interno del territorio di un altro branco, e sia rimasto ucciso in uno scontro. Non sapremo mai come sono andate realmente le cose, ma mi piace pensare che Ligabue, dopo una curiosa vicenda personale, dopo essere scampato a una tangenziale, a uno scontro d'auto, al rischio di passare la vita in cattività, sia morto realizzando il proprio destino di lupo, terminando la propria vita con quella dignità che dovrebbe essere prerogativa di ogni creatura selvatica. Come vorrebbe morire il guerriero di un popolo nobile: con lo spirito saldo di chi conosce la morte, e soccombe con coraggio, fissando il proprio fato con lo sguardo intenso e penetrante di un antico dio pagano. Forse assurgendo ai campi di caccia del paradiso dei lupi. Forse lasciando un erede, che oggi frequenta i più concreti territori di caccia delle Alpi Marittime, fondando una nuova tribù.

19 - Sporcature di grigio

"*Nel XX Secolo l'equilibrio si è talmente spostato che si può affermare che in pratica la natura è scomparsa. [...] Siamo circondati dall'uomo e dalle sue creazioni. All'uomo non si può sfuggire in nessuna parte del globo, e la natura è una fantasia, solo il sogno di un passato svanito da tempo*". A scrivere queste parole è Michael Crichton, nel romanzo *Congo*. Il rapporto tra l'uomo e la natura, e l'influenza dell'uomo su di essa, è un'annosa questione scientifico-filosofica in cui solitamente è l'economia a mettere l'ultima parola. Non è mia intenzione affrontare esplicitamente questo argomento, ma solo sorvolarlo alla luce della mia esperienza, rimandando qualsiasi approfondimento alla lettura di saggi specifici. Consiglio a tale proposito l'ottimo libro *L'avventura Umana* del naturalista e filosofo Théodore Monod.

Per quanto enfatiche, le parole di Crichton trovano un quotidiano riscontro, anche tra chi ha il privilegio di vivere nelle cosiddette aree naturali. Ritengo di avere vissuto i miei tre anni "in mezzo alla natura", fornendo a quest'espressione un'accezione piuttosto ampia. Di certo un indio dell'Amazzonia potrebbe essere in disaccordo con me (e come dargli torto?), ma sono convinto che anche laggiù, a ben guardare, potrei trovare da qualche parte nella boscaglia una bottiglietta di Coca Cola abbandonata. Personalmente non credo che la natura sia "scomparsa", è una tesi brutale, troppo radicale per essere condivisa appieno. Forse si è solo contaminata. Cosa si intende poi per "natura"? Si tratta di un concetto che esprime l'equilibrio tra un luogo fisico, le specie animali e vegetali che lo abitano, e le condizioni climatiche che ne modificano o preservano le caratteristiche. Comunemente, per natura si intende un ambiente dove la presenza umana sia impercettibile o quasi, e non abbia ancora prodotto condizionamenti sensibili. Raramente l'uomo considera se stesso come parte integrante dei processi naturali, e tende a elevarsi al di sopra o relegarsi al di fuori di essa. Solo in tal senso, quindi, diviene corretto affermare che la natura è scomparsa, perché la presenza e l'influenza dell'uomo sono percepibili pressoché ovunque nel pianeta. In alcuni casi originando nuovi equilibri, in altri divenendo incompatibile con la situazione preesistente, fino a distruggerla più o meno repentinamente.

Durante la permanenza nei territori del Frignano, abbiamo avuto modo di vedere interessanti fotografie dell'inizio del XIX Secolo, in cui parecchie delle aree boschive da noi abitualmente frequentate, coperte da una fitta faggeta, risultavano completamente spoglie, ridotte a campi o ad aridi pascoli. Come successo in altre parti d'Europa, una serie di perturbazioni sociali hanno generato, nell'ultimo cinquantennio, condizioni favorevoli alla riforestazione di ampie zone collinari e montane, e al ritorno di ospiti quali i grandi ungulati e il lupo. Nella seconda metà del Novecento sono mutate le opportunità di sviluppo della popolazione, e in montagna si è assistito a un abbandono dell'agricoltura, nonché allo spopolamento dei villaggi conseguente all'emigrazione verso le città. Per una volta il bosco e i suoi ospiti hanno recuperato terreno. In alcuni casi l'espansione delle zone forestali è avvenuta per dinamiche naturali, in altri è stata conseguenza di specifici interventi di riforestazione.

Le fitocenosi forestali dell'alto Appennino modenese includono per intervento umano anche specie tipicamente alpine, come il pino mugo (*Pinus mugo*). Le zoocenosi annoverano la marmotta (*Marmota marmota*). Molte specie aliene, introdotte a opera dell'uomo sono oggi naturalizzati nel nuovo ambiente. Diverse considerazioni si potrebbero fare a tale proposito, a partire dal concetto di biodiversità. Un elevato numero di specie porta coerentemente a un'elevata biodiversità, ma solo la presenza delle specie autoctone tipiche di quell'ambiente porta a una significativa qualità delle biocenosi. Come anticipato, tuttavia, non intendo affrontare più approfondite considerazioni in questa sede, nonostante l'argomento risulti estremamente attuale e stimolante.

Per quanto la cosa sia difficilmente percettibile dall'interno di un bosco, abbiamo lavorato in un contesto naturale fortemente condizionato dall'uomo, a partire dai numerosi rimboschimenti di conifere e dalla ceduazione delle faggete. Si tratta di un problema che caprioli, cervi e daini di certo non si sono posti, apprezzando più il ritorno delle foreste che la qualità delle fitocenosi. Allo stesso modo se ne disinteressano il cinghiale, il lupo, e altri ospiti. L'uomo tuttavia ha strumenti più raffinati per riconoscere il proprio passaggio, e in taluni casi deprecarlo.

Tra le esperienze più indimenticabili che abbia avuto occasione di sperimentare, figurano le lunghe, frizzanti notti estive trascorse su un crinale, cercando di "colloquiare" con i miei lupi attraverso il *wolf- howling*. Un ritratto naïf di tale esperienza imporrebbe di omettere l'evidenziazione di una serie di elementi perturbativi, che riportano costantemente alla pervasiva presenza della specie umana. In quelle occasioni, infatti, nel cielo sopra di me passavano costantemente almeno cinque aeroplani di linea, si intravedeva ovunque il bagliore dei lampioni dei paesi vicini, e in taluni casi di insediamenti artigianali e industriali. La pianura lontana riluceva poi di un diffuso fulgore arancione, tremolante e opaco nella brezza estiva come un enorme presepe cittadino. La neve che abbiamo calpestato a ogni inverno inglobava l'inquinamento delle nostre città. Ricordo quando la giovane cagnetta di Davide, un piccolo meticcio dalle zampe candide, ha partecipato a un'uscita di *snow-tracking*. Al termine della giornata, per lo sfregamento sulla neve, il pelo delle zampe aveva assunto una preoccupante colorazione grigio asfalto. Chiunque può fare esperienza della persistente matrice inquinante in cui viviamo, è sufficiente raggiungere un'altura che si elevi di almeno 500 metri sul livello del mare, e guardare in basso, verso l'orizzonte. Si noterà, ahimè immancabilmente, una minacciosa stratificazione grigia, una vera e propria cappa che avvolge le terre sottostanti, e costituisce l'atmosfera quotidiana in cui vive e lavora la maggior parte di noi. Esiste infine una minaccia latente che incombe sugli ecosistemi naturali e l'uomo, ben più grave degli esempi riportati. L'inquinamento luminoso, l'inquinamento acustico, l'elettrosmog sono problemi gravi ma collaterali per le creature del bosco. Spesso producono effetti di lieve entità sugli ecosistemi forestali, grazie alla plasticità delle creature che li popolano, e alla loro capacità di adattamento a particolari situazioni di disturbo. L'inquinamento globale dell'atmosfera sta conducendo inesorabilmente il pianeta a un surriscaldamento che modifica troppo repentinamente il clima, alterando pericolosamente antichi cicli naturali. L'inverno 2006-2007 è stato caratterizzato da temperature pericolosamente superiori alla media, associate a una desolante penuria di precipitazioni nevose, e questo è solo un esempio. Ormai anche le fonti governative, grazie ai puntuali dati forniti dai meteorologi, concordano nell'affermare che tali cambiamenti sono di origine antropica, e non una casuale devianza dai valori attesi. In qualche decennio si sono determinate condizioni che modificano il clima con tempistiche ben diverse rispetto a quelle delle ere geologiche. Se paragoniamo la durata indicativa di un'era geologica alla durata di un giorno, possiamo dire di essere riusciti in un'impresa titanica: alterare il clima terrestre in un solo secondo. Il clima cambia, quindi, e cambia dannatamente in fretta, ma gli ecosistemi naturali non potranno farlo tenendo il medesimo frenetico passo, e sia gli attuali habitat che il contesto di vita dell'uomo verranno profondamente e ineluttabilmente alterati in senso peggiorativo. Ritengo che sia questa, a oggi, la più preoccupante minaccia che incombe sugli ambienti naturali nel complesso, e su di noi. La terra ha tempo, saprà stabilire nuovi equilibri. E noi? Siamo una specie egoista, ma non abbastanza per tutelare a nostro vantaggio il luogo in cui viviamo. Forse la citazione in apertura non è solo una provocatoria affermazione ma una lugubre, assai plausibile profezia. A cui non è certo il caso di rispondere "e così sia".

20 - Echi bibliografici

Ripensando ai momenti trascorsi in Appennino, ogni volta mi sovvengono nitidamente i colori, le immagini, ma anche i suoni, i profumi, l'intero universo sensoriale della mia esperienza, senza didascalie o parole. Fotogrammi completi, commentati unicamente da sensazioni. I costrutti lessicali sono uno strumento, un mezzo espressivo che assolve egregiamente al compito di comunicare con gli altri, di trasmettere esperienze e sensazioni, ma possono disturbare la comunicazione con noi stessi. Esprimersi con forme grammaticali di senso compiuto è una tacita, vincolante abitudine di cui è difficile fare a meno. Abbiamo costantemente in testa sciami di parole, generalmente futili, che creano un brusio di fondo inutile all'elaborazione del proprio vissuto. Di fronte a certe esperienze, ai momenti dicontatto più intimi con l'ecosistema appenninico e i suoi ospiti selvatici, con un contesto naturale autentico, dentro di me si creava soprattutto un ricettivo silenzio, uno stato di consapevolezza, di attenzione e disponibilità ad assorbire, a registrare, a imparare. Le parole sono arrivate dopo, ricordando, rivivendo. È stato allora che mi sono accorto di riconoscere nel mio vissuto una serie di interlocutori letterari con cui ho dialogato a lungo in sede di rielaborazione della mia esperienza, a cui sento di dovere un tributo in questa breve rassegna. Non si tratta certo di un catalogo della bibliografia esistente sugli argomenti che ho fugacemente sorvolato, ne uscirebbe un ben più vasto e qualificato elenco. Tale percorso è di natura più affettiva che analitica. Si tratta di una conversazione ricca di rimandi con autori a me cari, e nulla più.

Inizialmente ho girovagato tra una lunga serie di pubblicazioni sul lupo, tra cui la mia preferita: *Dalla parte del lupo* di Luigi Boitani. Un libro quàsi introvabile, scritto negli anni Settanta a seguito delle prime concrete esperienze di ricerca sulla specie in Italia. Il linguaggio è volutamente semplice, ma articolato. I contenuti sono di impeccabile affidabilità scientifica.

Trovo inoltre che sia strutturato per rendere la lettura particolarmente accattivante. I punti di forza di questo libro sono almeno due: si tratta del primo libro interamente incentrato sul lupo italiano; pur essendo scritto da uno zoologo, è esplicitamente rivolto a un pubblico di non addetti ai lavori. Chiunque abbia trovato vagamente interessante la lettura di questa mia digressione nell'universo lupino probabilmente troverà particolarmente piacevole il libro di Boitani.

Tornando agli echi letterari, lentamente sono affiorati più remoti e indiretti rimandi. Da buon biologo non posso smentire un legame con i diari di Charles Darwin, in particolare per l'approccio sia scientifico-naturalistico che antropologico ed etnografico ai luoghi visitati. Allo stesso modo cito il ben più recente resoconto di Roger Fouts, ricercatore statunitense che ha descritto l'incredibile esperienza umana vissuta con Washoe, una scimpanzé in grado di esprimersi col linguaggio dei segni. Relativamente alla vita nei boschi è imprescindibile il mio collegamento con il Thoreau del Walden, vetusto ma ancora eccentrico, coraggioso e trasgressivo. Sulla vita in montagna, l'aneddotica sui personaggi di paese e le leggende dei borghi ricordo gli intensi, ruvidi racconti di Mauro Corona. Devo quindi un tributo all'immancabile Bruce Chatwin, all'indomita spinta al viaggio e al racconto del celebre inglese col taccuino. Avvicinandomi con fanciullesco entusiasmo alla fiaba per adulti, ho ceduto al fascino del Tolkien de *Il Signore degli Anelli*, alle complesse architetture che riecheggiano il Medioevo, agli articolati affreschi di luoghi fantastici e popoli leggendari facilmente traslabili, in chiave di metafora, nel contesto appenninico.

In ambito più strettamente letterario, mi sono rivolto ai magistrali racconti di Hemingway, e a quelli più crudi e vigorosi di London. Ho rivolto l'attenzione agli eleganti testi di Mario Rigoni Stern, per le immagini sobrie e reali di una storia recente di cui ho rinvenuto parecchie tracce lungo il mio percorso. Ho seguito l'insegnamento e i percorsi non convenzionali, ma per questo preziosissimi, dell'amico Paolo Rumiz, autore de *La leggenda dei monti naviganti*, singolare, eccezionale esempio di letteratura di viaggio dedicata alla montagna e in particolare all'Appennino. Infine è necessario che io citi gli avventurosi resoconti di Heinrich Harrer, Walter Bonatti e Reinhold Messner, che pur rimanendo in un ambito spesso strettamente alpinistico, concedono ampie digressioni a riflessioni di viaggio di natura più filosofica, oppure ancora sociologica, naturalistica, ambientale. Sono proprio questi, forse, i personaggi che mi hanno stimolato maggiormente a scarabocchiare su un foglio la presente testimonianza. Nella profonda consapevolezza di avere avuto la singolare occasione di vivere, pur da persona assolutamente normale, un'avventura umana straordinaria e profondamente intensa. In fondo siamo tutti persone normali, che talora fanno cose eccezionali. Da loro ho appreso che vivere esperienze inusuali senza condividerle è un atto di egoismo, e una forte limitazione al significato intrinseco di tali esperienze.

Parecchi dei testi citati sono accompagnati da una copiosa documentazione fotografica. Preferisco evitare di adottare questa soluzione. Trovo infatti che le descrizioni dilatino, mentre le immagini spesso circoscrivano l'immaginazione. Mi auguro piuttosto che questo parto di parole non si limiti a richiamare a una sequenza fotografica, ma susciti una curiosità attiva, che attragga qualcuno verso i luoghi in cui ho vissuto, capaci senz'altro di regalare sensazioni personali e proprie a ciascun visitatore. Ho colto l'opportunità di proiettare le immagini di un mondo osservato da un caleidoscopio individuale, evocarlo parola per parola, in tributo a esso e alla magia di chi, come gli autori citati, coi propri racconti e i propri pensieri è stato in grado di tracciare rotte trasparenti, misteriose e gratificanti, che anch'io un giorno sono stato chiamato a seguire.

21 - Non ti fermare

Come previsto, dopo tre anni il Progetto LIFE Natura si è puntualmente concluso, e con esso è cessata l'erogazione dei finanziamenti europei che garantivano il sostentamento all'intero gruppo di studio. Allora non potevo intuire che sarebbe stata anche la fine del mio lavoro di ricercatore, e in un certo senso di biologo. Strano a dirsi, proprio al culmine della mia vita professionale mi aspettava un brusco e repentino tramonto. Una serie di cose non sono andate precisamente nella direzione auspicata, sia internamente al progetto, sia su un piano istituzionale e accademico. Evitando eufemismi inutilmente cauti, è sensato dire che è andato tutto storto. Chiacchierando con Fabrizio abbiamo espresso in più occasioni amare constatazioni sullo scarso significato attribuito al nostro lavoro, a partire dai nostri committenti. Preferisco tuttavia non includere in questa sede considerazioni di tal genere, che alle orecchie di chi ne è estraneo suonerebbero solo come uno sterile elenco di recriminazioni. Accusare è assai più facile che costruire, e un impeto recriminatorio tradirebbe lo spirito con cui abbiamo quotidianamente affrontato i nostri compiti.

Nel corso del lavoro ci siamo impegnati costantemente per offrire ai nostri colleghi la massima collaborazione, preferendo sempre il dialogo allo scontro. Mettere da parte l'aggressività, l'affermazione individuale, ci ha premiato in più occasioni, e soprattutto ci ha consentito di conseguire obiettivi più generali e prioritari rispetto ai nostri personalistici interessi. Si tratta di un atteggiamento che rispecchia una ben precisa filosofia di vita, una scelta in cui sia Fabrizio che io abbiamo creduto e crediamo. Spero che ciò possa costituire uno spunto di riflessione per alcuni dei nostri deludenti amministratori e per qualche autarchico collega.

Nel corso dei tre anni di Appennino, una delle esortazioni che mi sono ripetuto più spesso è stata: "Non ti fermare!". Me lo sono ripetuto mille volte sui sentieri, quando il dislivello faceva bruciare i polpacci, o sulla neve alta, dove l'energia di un passo è più efficace a sprofondare che a incedere. L'ho ripetuto all'alba, e dopo due ore di immobile osservazione al capriolo, respirando aria sottozero. E ancora alle tre di notte, rimanendo concentrato su una relazione ancora incompiuta, chiesta con risibile preavviso e da finire per il mattino successivo.

"Non ti fermare" è il motto stesso della biologia evoluzionistica, in cui tutto è graduale, incessante cambiamento, e i viventi all'infinito inseguono nuovi equilibri reciproci, chiamati da qualcuno ecologia. "Non ti fermare" è ciò che mi ha tenuto a galla dopo, quando tutto era finito, e con due pizze in mano e una divisa da cameriere seguivo dalla sala di un ristorante l'odissea del nostro giovane lupo, sbirciando furtivamente la televisione accesa sul telegiornale. Me ne stavo lì, la mente altrove, distratto e infastidito dalle richieste dei clienti, mentre tutto il mio essere si protendeva verso i miei boschi e i miei lupi, verso una vita che non era più mia.

Venivamo da un luogo in cui non si doveva lottare ogni giorno per conquistare e mantenere un equilibrio. Come gli improbabili eroi di qualche film commerciale, avevamo fatto una scelta, estrema e radicale, avevamo preferito un'altra vita. Ma nei film gli eroi vivono felici in eterno. Nella nostra storia – una storia assai più reale – siamo stati rispediti a casa senza troppi convenevoli.

Non ho conseguito il dottorato in biologia evoluzionistica davanti alla commissione che ha esaminato il mio lavoro di ricerca, ma in quei momenti, in cui si è reso concretamente necessario sopravvivere a ciò che ero stato. Dovevo evolvere, per quanto fosse lancinante piegarsi alla consapevolezza di non indossare più il ruolo nel mondo che sentivo più comodo, il ruolo che sentivo davvero mio. Non è verosimile pensare di poter studiare il lupo, o qualsiasi altra specie, per sempre. Tuttavia chi si avvicina come noi alla ricerca, chi riesce a recuperare un contatto diretto, più fisico e materiale con un ambiente fatto di stagioni, elementi atmosferici, boschi, animali, odori e grandi spazi, si incammina su una via che modifica gradualmente e inesorabilmente i connotati di chi la percorre. Abbandonarla implica il forte rischio di perdere la propria identità.

Tra di noi ciascuno ha avuto in seguito un differente destino, ma tutti siamo rimasti inesorabilmente segnati dalla repentina battuta d'arresto. C'è chi è rimasto legato ai luoghi, prestandosi ad altri mestieri e di fatto cambiando vita, come uno spettro che continua a muoversi nelle stanze della dimora che un tempo gli era appartenuta. C'è chi ha abbandonato tutto, trascinato dalla situazione contingente verso percorsi lavorativi completamente diversi. C'è chi si è attaccato con maggiore forza alla benché minima, remota, inverosimile opportunità di prosecuzione, raggirato da compromessi e false speranze, vittima allo stesso modo dello stesso inesorabile epilogo.

C'è stato un risvolto umano doloroso nella fine del Progetto LIFE, che riguarda nell'intimo ciascuno di noi. Sotto un profilo prettamente professionale, poi, abbiamo avuto l'ennesima dimostrazione di come coloro che fanno il nostro mestiere vengano visti – ancora oggi e con desolante semplificazione – solo come "gente che passeggia tra i boschi".

Un saggio afferma che si parte per esplorare il mondo, si torna per esplorare se stessi. Al ritorno è stata dura. Non mi riconoscevo, forse non mi vedevo nemmeno più. Decisamente il periodo peggiore della mia vita. Ero preda di un forte senso di depressione. Immagino sia qualcosa di simile allo stato d'animo che caratterizza i grandi primati – le specie più simili all'uomo – una volta catturati e rinchiusi in gabbia. Se cresciuti allo stato selvatico, in cattività cadono in una forte prostrazione, e deperiscono. Alcuni scimpanzé in gabbia arrivano a sviluppare marcati comportamenti ossessivi, mordendosi fino a lacerarsi le carni, mentre altri sviluppano uno stato di totale apatia. Alla fine del LIFE non ero più un biologo, ma solo un cameriere (mi perdoneranno gli amici che mi hanno offerto il lavoro in pizzeria). Un percorso pluriennale vanificato in un soffio. Faticavo parecchio anche solo a spiegare che razza di mestiere avessi fatto fino ad allora, come se non fosse un mestiere ma un hobby. Tutto veniva ridotto al solito "facevi passeggiate nei boschi", o "raccoglievi cacche di lupo". Ai colloqui di lavoro mi sentivo ripetere in continuazione di non avere nel curriculum esperienze lavorative degne di nota. Forse avevo lavorato in un contesto professionale autoreferenziale, ma sicuramente qualificante, ne ero certo. Un corso di specializzazione post laurea non era ritenuto qualificante? Un dottorato non era ritenuto qualificante? Un progetto di ricerca di importanza comunitaria? Le abilitazioni dell'Istituto Nazionale per la Fauna Selvatica, tutto questo non era ritenuto qualificante? Mi sembrava profondamente ingiusto. Del resto cosa avremmo potuto rispondere, quando il nostro bagaglio di esperienze non era stato tenuto in alcun conto in prima istanza proprio nei Parchi da cui venivamo?

Le persone davvero sfortunate sono altre, ne convengo, ma siamo vittime della relatività, che ci porta a vedere le cose non tanto per ciò che sono, quanto piuttosto per ciò che siamo noi. E io, in quel periodo, ero uno sconfitto. In qualche modo dovevo andare avanti, sbloccare quella situazione di stallo, per quanto intimamente lacerato. Allora ho spento, ucciso, amputato una parte di me. Mi sono costretto, letteralmente a forza, ad accettare che i tre anni tra i lupi fossero stati solo una breve parentesi nella mia vita, una parentesi decisamente, definitivamente chiusa.

In quei momenti ho partorito una serie di stucchevoli massime, dal significato piuttosto scontato. Propositi stupidi, forse, ma in quel momento utili. Mi sono imposto, ad esempio, di mantenere vivo il desiderio di imparare, di ascoltare, di viaggiare. Ho difeso la consapevolezza che la vita è fatta di esperienze, di avventure, di ambizioni, ma che nessuna di esse, di per sé, contiene la vita, semmai è la vita stessa, l'immensa vita, a contenere tutto ciò. Mi sono imposto il coraggio di cambiare, e la forza per farlo ogni volta che ciò si renda necessario, ogni volta che l'insoddisfazione diventa depressione, ogni volta che ci si impiglia in ciò che eravamo ieri, e ci si ferma. Perchè non siamo il vestito che indossiamo, e solo nei fumetti il protagonista non si cambia d'abito. Ho difeso la voglia di desiderare, di fare cose nuove, e la correttezza di farlo senza nuocere ad altri. Ho scelto di stare bene con me stesso, anche se il mondo è scomodo e ben più appuntito di quanto sembri. Mi sono imposto la coerenza, la disciplina di intraprendere un nuovo cammino, dopo essere stato fermo e in silenzio quanto basta per poterlo individuare.

Del resto sono tornato con un inestimabile bottino.

Ho accettato con ironia la mia piccola sconfitta.

E non mi sono fermato.

Oggi si è psicologicamente troppo sfruttati. Per questo dico che l'esplorazione fuori è finita, mentre è tempo che cominci quella dentro di noi, per conoscere noi stessi. Per riuscire finalmente a essere uomini coerenti, capaci di accettare le responsabilità.

Walter Bonatti
Intervista su "Il Venerdì di Repubblica"
N. 616, gennaio 2000

Finito il 31.12.2007
Ultima revisione: Aprile 2012

FOTOGRAFIE

138

144

157

161

162

165

ALL'ABATE DOMENICO VANDELLI

GEOGRAFO E MATEMATICO DELLA
CORTE ESTENSE, L'ARCHITETTO CHE
REALIZZÒ L'OMONIMA VIA.
ALLE POPOLAZIONI APPENNINICHE
CHE DIVISERO INGEGNO E FATICHE.

QUESTO RICORDO POSE

APPENDICE

LUPI DI SCIENZA

I - Oggettivamente lupo

Inquadramento sistematico

Il lupo (*Canis lupus*) è il rappresentante di maggiori dimensioni della famiglia dei canidi, comprendente altre specie affini come il coyote, lo sciacallo o la volpe. Appartiene al genere *Canis*, similmente alla propria variante domestica a tutti ben nota, il cane (*Canis lupus familiaris*). Grazie al perfezionamento delle tecniche di genetica e biologia molecolare, recenti ricerche hanno chiarito che al lupo italiano (ovvero il lupo appenninico), può essere attribuito il controverso rango di sottospecie. Attraverso l'utilizzo di opportune metodiche di laboratorio è pertanto possibile discriminare i lupi italiani da quelli di altre popolazioni europee ed extraeuropee.

Morfologia

In Italia il lupo presenta tipicamente un manto grigio-ambrato, con focature nere sul dorso, e un pelame più chiaro nella zona ventrale e sul lato interno delle zampe. L'avambraccio presenta una leggera linea scura verticale. La gola è coperta da pelo completamente bianco, che si estende sulle guance, fino al labbro superiore, formando una caratteristica maschera facciale.

Sebbene questa sia la colorazione tipica della specie, nell'Appennino settentrionale, tra le province di Modena e Reggio Emilia, sono stati osservati, fotografati e filmati individui dal manto nero. Analisi genetiche condotte sui tessuti di tali esemplari hanno evidenziato come, in relazione alle attuali capacità diagnostiche, questi soggetti siano da ascriversi a pieno titolo alla popolazione italiana di lupo.

Il lupo italiano ha dimensioni inferiori rispetto ai lupi grigi nordamericani, i lupi forse più conosciuti poiché spesso rappresentati nei film, nei documentari, nelle pubblicazioni dedicate alla specie. Un lupo italiano adulto maschio raggiunge mediamente un peso di trentacinque - quaranta chili, una femmina di venti - venticinque chili. Per introdurre un elemento di confronto, si consideri che la taglia dei lupi italiani è di poco inferiore rispetto a quella di un cane Pastore Tedesco, e molto vicina a quella di un Siberian Husky.

Il riconoscimento di un lupo, in natura, risulta estremamente problematico, in particolare per la recente diffusione di alcune razze canine particolarmente affini a esso, sia morfologicamente (Cane Lupo Italiano) che sotto il profilo genetico (Cane Lupo Cecoslovacco). In assenza di specifiche indagini molecolari, pertanto, la determinazione di un lupo attraverso la semplice osservazione impone sempre grande cautela.

Distribuzione

Tra i mammiferi terrestri, il lupo è una delle specie dalla distribuzione in assoluto più ampia. La sua diffusione storica mondiale include totalmente il Nord America, l'Eurasia, la Penisola Araba, le porzioni costiere della Groenlandia e altre isole dell'estremo Nord. In estrema sintesi, è possibile affermare che tale predatore è stato pressoché ubiquitario nell'emisfero settentrionale fino a duemila anni fa. La diffusione odierna registra una sensibile riduzione dell'areale originario, sia a causa di una sistematica, secolare persecuzione della specie, perpetrata dall'uomo, sia a causa di una progressiva rarefazione degli habitat e delle prede selvatiche, che ha raggiunto il culmine, in Europa, tra la Prima e la Seconda Guerra Mondiale.

Recentemente, per l'aumento della superficie forestale e per la ricomparsa degli ungulati selvatici, il lupo italiano sta gradualmente recuperando consistenti porzioni del proprio areale originario, a seguito di dinamiche naturali legate sia all'abbandono dell'ambiente montano che alla biologia della specie. Di tale tendenza si dirà più compiutamente nel paragrafo dedicato allo *status* di conservazione.

Ruolo ecologico e comportamento alimentare

Nella caccia ai grandi erbivori dell'emisfero settentrionale, il lupo riveste il fondamentale ruolo di predatore più significativo dell'intera catena alimentare. In tal senso assume un'importanza paragonabile solo a quella dei grandi felini africani. Adempiendo a un'imprescindibile funzione ecologica, il lupo seleziona gli individui più deboli all'interno delle popolazioni preda e funge da fattore di regolazione demografica. Nell'ambito di una zoocenosi naturale rappresenta quindi un prezioso elemento di equilibrio.

Tra le specie preda, il lupo pare dimostrare una netta preferenza per il capriolo e il cinghiale, sia sul territorio nazionale che, specificamente, nella porzione di Appennino emiliano da noi indagata. Conserva tuttavia una latente indole generalista, ovvero una plasticità che gli consente di sfruttare, in mancanza di prede naturali accessibili, anche risorse alimentari alternative. Può cibarsi di piccoli mammiferi, frutta, carcasse, rifiuti, bestiame domestico. In un singolare caso, tra i resti di un pasto lupino abbiamo rinvenuto addirittura piume di pavone.

Per comprendere quali siano i le ragioni alla base della scelta di una categoria alimentare, occorre ricordare alcuni criteri:

- il lupo tende a cibarsi con maggiore frequenza della categoria alimentare più abbondante (criterio dell'abbondanza);
- il lupo tende a cibarsi della categoria alimentare più facile da reperire (criterio dell'accessibilità);
- categorie alimentari che si trovano a breve distanza dal branco saranno preferite rispetto ad altre più lontane, e quindi meno convenienti sotto il profilo energetico (criterio dell'economia di caccia).

In altri termini, una specie preda particolarmente diffusa sul territorio rivelerà la tendenza a comparire più frequentemente nella dieta del lupo (abbondanza). Oppure, una pecora incustodita sarà una preda più accessibile di un capriolo, ma un capriolo sarà più accessibile di una pecora difesa da un enorme, mordace cane maremmano (accessibilità). Oppure ancora, un cinghiale di cento chili a cinquanta chilometri di distanza non sarà una preda altrettanto appetibile di un capriolo di trenta chili a soli cinquecento metri. Per un lupo deve essere energeticamente conveniente catturare e nutrirsi di una preda (economia di caccia). Umanizzando, potremmo definire tali criteri "buon senso ecologico".

Socialità

La vita dei lupi ruota attorno al branco, che costituisce un'unità sociale e funzionale finalizzata alla difesa della prole e del territorio. I branchi in Italia si configurano sovente come gruppi familiari, composti da un numero di esemplari che oscilla da due a sette individui. Il branco frequentemente coincide con un gruppo familiare, composto dalla coppia e dai figli. All'interno del branco, il comportamento sociale è rigidamente governato da rapporti gerarchici: solo i dominanti hanno accesso alla riproduzione, guidano il branco, prendono l'iniziativa durante la caccia, e per primi si nutrono. I rapporti sociali tra individui dello stesso branco sono molto complessi, e improntati a una suddivisione dei ruoli. Nonostante ciascun lupo possa passare brevi periodi al di fuori del branco, le relazioni sociali costituiscono un'esigenza preponderante. È nel rapporto con ciascun membro del branco che il lupo trova l'appagamento alla propria profonda natura sociale poiché, similmente all'uomo, avverte la necessita di sentirsi parte integrante e di recitare un ruolo in una comunità. Tale attitudine comporta un preciso vantaggio evolutivo, poiché la vita di branco implica maggiori doveri, ma anche privilegi di cui un lupo solitario non gode.

Nel caso del lupo, non è errato parlare di una specifica "cultura" che caratterizza ciascun branco. Ciò dipende dalla capacità delle nuove generazioni di apprendere dai lupi adulti specifiche strategie di caccia e di utilizzo delle risorse di un'area, che variano al variare dei territori. Si tratta di una prerogativa propria delle specie la cui socialità è più raffinata, e si avvicina maggiormente a quella della specie umana.

Riproduzione

Il lupo partorisce una sola volta l'anno. L'estro delle femmine ha una durata di circa sei giorni, e si manifesta a fine febbraio. In questo periodo la femmina sceglie il proprio maschio, con cui forma una coppia stabile. Poiché solo gli individui dominanti (individui "*alpha*") possono accedere alla riproduzione, la coppia impedisce fisicamente l'accoppiamento dei subordinati, che tuttavia partecipano attivamente all'allevamento dei cuccioli. Talora il condizionamento sociale è talmente forte da arrivare addirittura a inibire l'estro delle femmine subordinate. In tal modo la natura consente che solo i geni degli individui più dotati si tramandino alle successive generazioni. Questo principio di selezione del patrimonio genetico, che può apparire severo, è decisamente meno cruento di quanto avviene in altre specie. Il leone, ad esempio, uccide i cuccioli che una leonessa ha avuto da un altro maschio, e provvede a fecondare nuovamente la madre senza troppe smancerie, mazzi di fiori o inviti a cena. Un comportamento molto simile, tipico della specie umana, si è osservato recentemente nella guerra in Jugoslavia degli anni Novanta, o nelle guerre civili africane. Per cancellare una minoranza etnica i soldati uccidono uomini e bambini, stuprando atrocemente e ingravidando le donne superstiti. Trovo che la strategia del lupo sia in effetti molto più civile.

A ogni parto una lupa partorisce in media 6 piccoli, solo una parte dei quali sopravvive. I cuccioli, nati a primavera, nel corso del periodo estivo sono capaci di spostamenti molto limitati, e dipendono totalmente dagli adulti per l'approvvigionamento di cibo. In questa fase vengono tenuti presso siti che occupano una posizione centrale o particolarmente inaccessibile del territorio di un branco, in cui rimangono per parecchi giorni. Tali siti vengono definiti di *rendez-vous*, possono essere diversi in un territorio e sono utilizzati secondo un criterio sequenziale, in particolare qualora le risorse alimentari siano rappresentate in prevalenza da ungulati selvatici. Nella tarda estate i cuccioli dipendono ancora dagli adulti. Seppure presentino già dimensioni ragguardevoli, e un peso prossimo ai 20 chili, non sono ancora in grado di cacciare autonomamente e vengono sfamati dai genitori con la collaborazione degli altri membri del branco. È in questo periodo che si registrano con maggiore frequenza episodi di predazione a carico degli animali domestici. Gli adulti hanno quindi la necessità di nutrire creature dal fabbisogno energetico superiore al proprio, cuccioloni paragonabili ai ragazzini dodicenni della specie umana: grossi, immaturi e perennemente affamati.

Solo a partire dai mesi invernali i giovani lupi sono sufficientemente forti per partecipare attivamente alla complessa articolazione della vita del branco, e assumono un proprio ruolo all'interno del gruppo o tentano la fortuna partendo per un "grande viaggio" alla ricerca di nuovi territori.

Territorialità

Il lupo è una specie profondamente territoriale. Ciascun branco occupa un'areale di circa duecento chilometri quadrati, sebbene le informazioni relative al contesto italiano siano tuttora piuttosto limitate. Il territorio, o *home range,* costituisce una risorsa a tutti gli effetti, contenente cibo, siti rifugio, individui riproduttivi. Viene ispezionato con instancabile determinazione, e difeso attivamente dall'intrusione di altri lupi. L'atteggiamento dei lupi nei confronti dei conspecifici è molto relativo. All'interno del branco gli scontri tra individui sono di natura rituale, finalizzati a rimarcare la posizione gerarchica di ciascun esemplare. Tali lotte, che talvolta possono apparire cruente e brutali, raramente causano ferite o ingiurie. Al contrario, quando un lupo estraneo viene sorpreso all'interno dei confini territoriali di un branco, senza farne parte, i lupi reagiscono con violenza e aggressività. Raramente tale individuo viene accettato.

Ben più frequentemente il branco attacca ferocemente l'intruso, e sovente lo uccide. Per tale motivo i territori vengono attivamente marcati con segnali odorosi (feci e urina) o con messaggi sonori (ululato). Tali segnali sono finalizzati a rendere palesi, ai conspecifici estranei al branco, i confini di un'area già occupata da un gruppo familiare. Ciò consente di prevenire cruenti scontri territoriali con eventuali invasori.

Dispersione

I giovani lupi, entrando nell'età adulta, spesso lasciano il gruppo d'origine per entrare in una fase definita di dispersione. Tale comportamento è finalizzato alla ricerca di nuovi territori ricchi di risorse, non occupati da altri branchi Nel corso della dispersione, i lupi sono in grado di compiere spostamenti dell'ordine di centinaia di chilometri. È difficile sintetizzare i complessi meccanismi alla base di questo viaggio esplorativo, che si avvicina a un rito di passaggio, a una sorta di dovere rituale, un "cammino dell'eroe". Questo comportamento ha una precisa ragione evoluzionistica: diffondendosi in nuove aree, colonizzando nuovi territori, la specie aumenta le proprie probabilità di sopravvivenza. Al contempo la dispersione diminuisce i rischi di consanguineità, favorendo l'incontro con individui riproduttivi provenienti da altri branchi. Infine tale meccanismo contribuisce ad abbassare le densità di lupi in un territorio, scongiurando eventuali sovraccarichi di predazione a carico delle popolazioni preda. Accantonando le ragioni scientifiche, in realtà ben più complesse di quelle espresse in questa sintesi, si può ritenere la dispersione un comportamento profondamente legato alla predisposizione individuale. Lupi più intraprendenti, per stimoli innati e marcato spirito d'avventura, si staccano dal branco non appena le gambe sono forti abbastanza per sostenere una lunga marcia, tentano la sorte emigrando in altri territori. Molti soccombono nel tentativo, altri hanno successo, e riescono a insediarsi nuovamente in zone abbandonate da tempo dalla specie, in cui fondare una nuova comunità. Come insisto a ribadire, è diffuso e profondamente radicato il pregiudizio che il lupo in Italia sia presente solo a seguito di introduzioni, ripopolamenti, reintroduzioni ovvero perché qualcuno si è preso la briga di rilasciare in natura esemplari presi chissà dove. Fatico a capire questo rifiuto ad accettare che possano esistere ipotesi alternative, che possano innescarsi meccanismi naturali di penetrazione in nuovi territori. Anche la nostra specie è fortemente propensa ad avventurarsi in altre terre. Le storiche avventure coloniali, o le ingenti emigrazioni del passato lo dimostrano oltre ogni ragionevole dubbio. Le ragioni di ciò sono semplici, intuitive, e molto simili a quelle che valgono per il lupo: la ricerca di risorse. *Nemo profeta in patria*, direbbero gli antichi cittadini di Roma, che di territori di conquista, e forse di lupi, ne sapevano ben più di noi.

Status di conservazione

In Italia il lupo ha avuto un avverso destino, che lo ha condotto fin sulla soglia dell'estinzione. La progressiva regressione della specie dall'areale nazionale pare avere seguito le tempistiche del resto d'Europa, nonostante non si disponga a oggi di una consistente bibliografia scientifica sull'argomento. I dati a disposizione testimoniano tuttavia come già negli anni Venti il lupo fosse stato eradicato dalle Alpi e, nell'immediato dopoguerra, da buona parte dell'Appennino settentrionale, rimanendo relegato unicamente in dieci nuclei vitali concentrati principalmente nell'Appennino centro-meridionale, tra il Parco d'Abruzzo e l'Orsomarso. Le prime, sistematiche indagini sulla specie risalgono agli anni Settanta, grazie a uno storico progetto di studio del lupo nel Parco d'Abruzzo, finanziato dal WWF e coordinato da Luigi Boitani. È in tale periodo che le sorti avverse del nobile canide pare si siano rovesciate, e si sia innescato un lento, graduale, continuativo processo di ricolonizzazione territoriale e di incremento demografico.

Attualmente, anche su scala europea, il lupo sta progressivamente riconquistando consistenti porzioni del proprio areale originario di distribuzione, grazie al progressivo aumento della superficie forestale e alla ricomparsa delle prede naturali. In Italia, a partire dai contrafforti montuosi dell'Appennino centrale e meridionale, la specie ha progressivamente ripopolato intera dorsale appenninica. Attraverso la Liguria i lupi italiani si sono insediati nelle Alpi Marittime, hanno sconfinato nei territori francesi del *Mercantour*, hanno raggiunto la Svizzera e l'Austria. Il prossimo ricongiungimento della popolazione italiana di lupo con quella slovena, attraverso l'arco alpino, è una solida ipotesi confermata dai modelli predittivi e dalle prime segnalazioni. Tale scenario risulta coerente con il modello di idoneità ambientale per il lupo in Italia, elaborato nell'ambito degli studi sulla Rete Ecologica Nazionale, che identifica nella fascia boscata pedealpina un corridoio ecologico naturale. Per la specie si tratta di un significativo percorso di dispersione verso le aree montuose e collinari del nord-est della Penisola e verso le regioni balcaniche.

Relativamente alla quantificazione dei lupi presenti in Italia, stime risalenti agli anni Settanta riportavano un numero approssimativo di circa duecento individui. Successive, plausibili quantificazioni, relative all'anno Duemila, fornivano un ordine di grandezza di cinquecento, settecento lupi. Odiernamente (anno 2012) l'intera popolazione italiana di lupo supera di poco il migliaio di esemplari.

Meccanismi naturali di controllo della popolazione lupina

È frequente sentire opinioni allarmate circa il rischio che il lupo, crescendo di numero, possa arrivare a costituire un serio problema. Il mondo venatorio teme che esso finisca per ridurre drasticamente i contingenti numerici degli ungulati selvatici, e preme affinché se ne autorizzi l'abbattimento. I pastori vedono nella presenza dei lupi un rischio concreto per le pecore, la loro principale, legittima fonte di reddito. Pare tuttavia che gli stessi siano maggiormente interessati a spargere bocconi avvelenati, piuttosto che farsi carico di una più coscienziosa tutela delle greggi. L'opinione pubblica è ingannata da voci insensate circa la potenziale pericolosità dell'antico predatore e in buona parte tollera il tradizionale malcostume delle uccisioni illegali. Del resto c'è chi stenta ad accettare i cani, perché dovrebbe andare meglio al lupo? È tuttavia il caso di chiedersi se davvero i lupi possano finire per crescere insensatamente di numero, divenire famelici e invadere il pianeta grazie alle loro temibili zanne. La scienza, a tale proposito, ha qualche risposta da fornire, desunta da indagini, ricerche, studi specifici. Parole rassicuranti, che tuttavia faticano a fare presa. Nei paragrafi precedenti abbiamo passato in rassegna parecchie informazioni relative alla biologia del lupo. Sfaccettature oggettive di una specie che occupa un ruolo ben preciso all'interno di un ecosistema, e asseconda regole impresse da millenni nella propria storia evolutiva. Tali informazioni ci possono tornare estremamente utili per delineare verosimili scenari futuri.

Abbiamo appreso che un branco, in Italia, coincide il più delle volte con una coppia di lupi, ovvero un gruppo familiare. Tale gruppo familiare si riproduce una sola volta l'anno, partorisce circa cinque piccoli, dei quali solo una parte raggiungerà l'età adulta. Non ci troviamo quindi al cospetto di una specie come il cinghiale, che ormai si riproduce tutto l'anno e genera fino a dieci piccoli per parto. Del resto chiunque abbia qualche rudimento di ecologia conoscerà bene il principio secondo cui le prede, numericamente, sono molto superiori ai predatori. Immaginando una piramide alimentare, le prede costituiscono la base, i predatori il vertice.

Si è visto come la dispersione dei giovani lupi sia un fenomeno che spinge i nuovi nati ad allontanarsi alla ricerca di nuovi territori. Nel corso della dispersione, questi avventurosi esemplari rischiano la vita, e molto spesso trovano la morte a causa di incidenti stradali, malattie, inedia, bracconaggio, attacchi di altri lupi. La dispersione è a tutti gli effetti un meccanismo di riduzione della densità dei lupi in un territorio.

La territorialità nel lupo è molto spiccata. Un gruppo familiare, composto da circa cinque individui, a fine estate, occupa un territorio di qualche centinaio di chilometri quadrati, e non consente facilmente ad altri lupi di insediarsi in esso. Questo comportamento funge da fattore di stabilizzazione del numero di lupi in un'area, che in Italia, in una porzione di territorio non inferiore a duecento chilometri quadrati, non supereranno i sette individui, il massimo numero di esemplari registrati per branco.

Il numero massimo di circa sette individui per gruppo è determinato dal coefficiente di biomassa relativa delle prede. Propongo di seguito la traduzione di tale concetto, concatenando alcuni semplici passaggi. Prima che un episodio di caccia abbia successo occorrono diversi tentativi infruttuosi. Tra un pasto e l'altro possono trascorrere diversi giorni. Per tale motivo il lupo divora a ogni pasto dai quattro ai dieci chili di carne, facendo scorta, e nutrendosi della stessa preda anche per più giorni consecutivi. In regioni quali l'Alaska o il Canada sono presenti prede di grandi dimensioni, come l'alce, che raggiungono il ragguardevole peso di cinque - sette tonnellate, sufficienti a sfamare l'imponente lupo grigio, riunito in branchi ben più numerosi di quelli italiani. Le prede appenniniche sono sufficienti a soddisfare le esigenze nutritive di pochi individui, poiché di dimensioni nettamente inferiori: venti - ventotto chili il capriolo, ottanta - centoventi chili il cinghiale. Gli individui dominanti sono i primi ad attaccare, e quindi a cibarsi della preda. A scalare, secondo la posizione gerarchica occupata nel branco, mangiano i lupi subordinati. Dopo il pasto della coppia dominante, si può facilmente prevedere che la carne di una preda italiana potrà arrivare a saziare altri due, tre lupi, ma non tanti di più. Branchi eccessivamente numerosi non potrebbero esistere semplicemente perchè gli ultimi lupi rimarrebbero cronicamente senza cibo, e per loro non sarebbe funzionale cacciare e vivere col gruppo.

Per quanto detto sinora, diviene piuttosto intuitivo comprendere come la densità di lupi in un territorio, per spontanei fenomeni di regolazione, rimarranno piuttosto basse. In buona sostanza, pur deludendo le aspettative di qualcuno, si può affermare con certezza che i lupi non colonizzeranno il mondo. Nella peggiore delle ipotesi continueranno a infastidire l'uomo strappandogli saltuariamente una pecora, che le Regioni italiane sono impegnate a risarcire.

Fattori di minaccia

Sin dalle origini della specie umana il lupo è stato oggetto di persecuzione diretta da parte dell'uomo, per palese contrasto con le tradizionali attività pastorali, ma anche per pregiudizio, paura, diffidenza. Nonostante l'istituzione delle leggi di protezione, ancora oggi, con allarmante frequenza, viene cacciato e ucciso illegalmente. Essendo il lupo specie particolarmente elusiva, la quantificazione dei tassi di mortalità e l'identificazione delle cause risultano piuttosto difficoltosi. L'esame delle spoglie di esemplari recuperati in aree diverse della penisola consente tuttavia di ricostruire un quadro significativo della situazione. Le cause non naturali di mortalità del lupo possono essere molteplici. Le principali vengono sinteticamente trattate di seguito.

Bracconaggio

Culturalmente l'uccisione di un lupo ha sempre accreditato il valore di un cacciatore, per l'eliminazione di quello che veniva percepito come un effettivo fattore di minaccia. Ancora oggi, dopo l'istituzione di leggi di protezione, il bracconaggio rimane per il lupo la principale causa accertata di mortalità. Si tratta di una pratica piuttosto diffusa sull'intero territorio nazionale, rivolta a diverse specie selvatiche, e condotta con armi da fuoco o trappole illegali. Tra i mammiferi, sono gli ungulati selvatici le principali vittime dei bracconieri, le cui carni sono parecchio ricercate e facilmente possono essere smerciate a ristoranti, macellerie, soggetti privati. Salvo casi sporadici e localizzati, è possibile affermare che non esiste una forma di bracconaggio condotta con mezzi finalizzati selettivamente all'uccisione del lupo. Il lupo viene ammazzato perché fortuitamente passa davanti alla carabina di un bracconiere, o perché incappa in un laccio, in una tagliola, rimanendo mortalmente imprigionato. Le attività di bracconaggio rappresentano una minaccia gravissima alla conservazione non solo del lupo, ma di tutte le specie cacciate abusivamente in un comprensorio.

Talvolta sono i cacciatori a identificare nel lupo un competitore, persuasi che la sua presenza implichi una drastica riduzione della densità delle specie preda. Lo si considera alla stregua di un approfittatore che toglie divertimento a chi si svaga imbracciando una doppietta, piuttosto che una creatura selvatica che caccia per nutrirsi, perpetrando un'importante opera di selezione tra gli ungulati selvatici. La presenza del lupo, di fatto, non incide significativamente sulle densità delle popolazioni preda, rivelandosi una causa di mortalità piuttosto marginale per le creature del bosco. Qualora non vi sia sufficiente informazione, sostituita dal solito, atavico pregiudizio, può succedere che qualche esponente del mondo venatorio si persuada di cacciare il lupo. È il caso di sottolineare che, in tale eventualità, non è corretto parlare di cacciatori, ma ancora una volta di bracconieri. Le attività di caccia effettuate a norma di legge, che siano condivise o meno, non comprendono specie protette né rappresentano un fattore di rischio per la sopravvivenza delle specie cacciate.

Conflitti con la zootecnia

Oltre al bracconaggio più o meno accidentale descritto al paragrafo precedente, ne esiste uno mirato nello specifico al lupo, praticato solitamente da persone che vedono in esso una minaccia o un competitore. Le categorie più frequentemente responsabili di tale fenomeno annoverano pastori e allevatori. Ovviamente il movente è di natura economica: tutelarsi da eventuali attacchi al bestiame domestico. Per eliminare il lupo ci si avvale prevalentemente di bocconi avvelenati, sparsi nelle vicinanze delle aree di pascolo. Talora viene sacrificata l'intera carcassa di una pecora, iniettata di veleno. Tale iniziativa privata, ovviamente del tutto illegale, trova una parziale giustificazione nella lentezza con cui talora vengono erogati i risarcimenti (istituiti per legge), previsti in caso di generica predazione attribuibile a canidi. Esiste la convinzione, da parte di parecchi pastori, che l'impiego di bocconi avvelenati consenta di ridurre la sorveglianza delle greggi al pascolo. Dati sperimentali dimostrano che l'utilizzo di un numero adeguato di cani da pastore, in un rapporto di circa un cane ogni ottanta pecore, sia l'unico espediente in grado di sortire effetti davvero concreti. Inutile sottolineare come il lupo rappresenti un'effettiva minaccia per un gregge e tuttavia, dati alla mano, si riveli responsabile della scomparsa di bestiame domestico in misura decisamente minore a quanto si creda, anche quando lo stesso è lasciato senza custodia al pascolo brado. Le bistecche di capriolo rappresentano una tentazione sempre molto forte, più delle costine di pecora.

In definitiva, l'utilizzo di bocconi avvelenati rappresenta una pratica pericolosissima per un ecosistema. Una strategia di sterminio non selettiva che può colpire allo stesso modo lupi, cani, volpi, mustelidi, cinghiali, corvidi, causandone la morte solo dopo atroci sofferenze, al pari della maggior parte degli espedienti utilizzati dai bracconieri.

Predazioni canine

È virtualmente impossibile discriminare con certezza una predazione canina da una di lupo. Dove è diffuso il fenomeno del randagismo, è ormai prassi che al lupo vengano attribuiti danni dovuti alle scorribande di cani pressoché inselvatichiti. Il randagismo, tuttavia, non è il solo problema causato dal fratello minore del lupo, il nostro amato fido. In parecchie regioni montane in cui il lupo è presente, nelle ore notturne è possibile riscontrare il malcostume di liberare cani padronali, anche se di grosse dimensioni. In questo caso non è corretto parlare di cani randagi, ma più semplicemente di cani vaganti. Le ragioni di tale abitudine sono forse legate alla difesa della proprietà, o al fastidio rappresentato dall'improvviso abbaiare, nel cuore della notte, del cane alla catena. Comunque sia, si tratta di un'abitudine che produce talora effetti gravi. I cani domestici tendono ad aggregarsi, formando improvvisati branchi che si dedicano a frenetiche attività di caccia. Il cane è come un lupo rimasto cucciolo, un animale in cui la disciplina comportamentale imposta dall'evoluzione è meno pressante, che non teme l'uomo e ha potenzialità "distruttive" analoghe a quelle del lupo. Bande di esemplari domestici rappresentano una concreta minaccia sia per le specie selvatiche che per le specie d'allevamento. In caso di attacco al bestiame, i danni possono essere devastanti, poiché si tratta di un incontro senza regole. Non aggredendo per fame, ma soprattutto per gioco, può accadere che i cani si scaglino al collo di numerosi capi, ferendo gravemente, e talora mortalmente, decine di pecore. C'è chi sostiene che sia piuttosto facile distinguere le predazioni di lupo da quelle di cane, affidandosi a semplici indizi come il famigerato morso al collo. Ancora una volta i pregiudizi non aiutano, poiché anche i cani sanno mordere al collo, mentre i lupi non sempre lo fanno. Non ci troviamo in un campo del sapere dove siano consentite certezze assolute. Grazie all'utilizzo di visori notturni, noi stessi abbiamo potuto osservare cani vaganti, con una casa, un padrone, e la pancia piena, attaccare le greggi di notte, per gioco o istinto di caccia, mordendo alla gola con prevedibili effetti. Ormai è prassi consolidata che questi attacchi vengano pretestuosamente attribuiti al lupo, innalzando pericolosamente il livello di tensione sociale innescato dalla specie. Senza ragione, poiché i risarcimenti sono previsti per le perdite causate genericamente da canidi, cane compreso. Inutile dire che la denuncia non veritiera di tali episodi rappresenta un serio ostacolo per la quantificazione della reale portata del fenomeno.

Ibridazione genetica

Un ulteriore aspetto, latente ma concreto, inerente la presenza di cani randagi o vaganti in un territorio, è rappresentato dal rischio di ibridazione tra cani e lupi. Le conseguenze di ciò sarebbero molteplici e potenzialmente molto pesanti. Un grave inquinamento genetico della popolazione di lupo trasformerebbe di fatto un preziosissimo predatore selvatico in un pericoloso ibrido cane-lupo. All'atto pratico, quindi, una specie di particolare valore conservazionistico scomparirebbe, letteralmente diverrebbe altro. Gli ibridi avrebbero un comportamento differente rispetto a quello di un lupo, con gravi conseguenze dal punto di vista ecologico. Potrebbe accadere qualcosa di simile a quanto è accaduto al cinghiale, che l'ibridazione col maiale ha reso invasivo, molesto, distruttivo e molto più numeroso, con un impatto evidentemente negativo sull'intero ecosistema e sulle attività agro-silvo- pastorali.

In verità, nel caso del lupo il rischio di ibridazione appare ancora piuttosto contenuto, sebbene concretamente presente, e concentrato in aree dove la presenza dei lupi risulta sporadica e non ancora consolidata. Concrete evidenze lasciano intendere che un branco di lupi non accolga di buon grado l'intrusione di un cane sul territorio, quasi sempre reagendo con spiccata aggressività e aggredendo mortalmente il proprio cugino domestico. Pare addirittura che, in condizioni normali, il lupo identifichi il cane come una potenziale preda. Nei territori in cui il lupo non è stabilmente insediato, tuttavia, la bassa probabilità di trovare un compagno o una compagna lupina aumenta la probabilità che un individuo in dispersione possa formare una coppia "mista" con un cane. È lecito ipotizzare inoltre che il rischio di ibridazione genetica possa aumentare in modo determinante in presenza di cani morfologicamente affini al lupo, che potrebbero molto più facilmente di altre razze stringere un legame sociale con esemplari selvatici. A fronte di tale scenario generale, è opportuno sottolineare come la Natura possa consentire, talora, clamorose eccezioni. Esistono episodi controversi, ma chiaramente documentati, di ibridazione tra il lupo e razze canine anche parecchio dissimili, e storicamente rivali, come il Pastore Maremmano. In determinati contesti, a oggi ancora lontani dal modenese, situazioni come quelle descritte nei libri di Jack London di cani che avvertono il richiamo della foresta, e si guadagnano coi denti un posto tra i lupi, non sono così distanti dalla realtà come sarebbe il caso che fosse. Per scongiurare tutto questo, "basterebbe" sconfiggere il randagismo canino. Piantarla definitivamente con l'increscioso abbandono estivo dei cani. Sarebbe auspicabile una maggiore responsabilità da parte di chi possiede un cane, che ha il sacrosanto diritto di fare lunghe passeggiate, col padrone, ma non deve in nessun caso diventare un *hooligan* che passa le notti a far danni con altri sventurati consimili.

Assenza di coordinamento nella ricerca

Tra i problemi "storici" legati al lupo, è possibile annoverarne uno decisamente anomalo rispetto ai precedenti, ma forse altrettanto significativo. Si tratta della mancanza di coordinamento tra i vari gruppi di ricerca che in ambito nazionale si occupano del lupo. Molto spesso tali gruppi lavorano in antagonismo reciproco. Oppure applicano tecniche e si propongono finalità diverse. I dati ricavati non sono quindi confrontabili, e offrono un grado di affidabilità piuttosto variabile, non sempre conseguente a un adeguato rigore scientifico. La necessità di impostare efficaci azioni di tutela di una specie implica l'esigenza di disporre di solide informazioni. A tale scopo, per fotografare più realisticamente la situazione del lupo in Italia, sarebbe auspicabile l'adozione di protocolli di lavoro standardizzati, perlomeno per la raccolta delle informazioni più contingenti e di maggiore significato gestionale. Questa utopica ipotesi, che contrasta con le personalistiche ambizioni di parecchi "guru" universitari, consentirebbe di rendere reciprocamente raffrontabili i dati reperiti in aree diverse della penisola. Se esistesse la possibilità di concretizzare un simile coordinamento, si arriverebbe a raccogliere una formidabile mole di informazioni in ambito nazionale, arrivando in breve tempo a formulare risposte più appropriate agli interrogativi scientifici e gestionali sulla specie. L'attuale frammentazione dei dati provenienti da singoli, sporadici gruppi di ricerca, rischia di fornire informazioni fuorvianti, e di vendere certezze che si è tuttora ben lungi dall'avere, pur di gridare al mondo la propria soggettiva verità sul lupo, e di farlo più forte degli altri.

Principali norme di protezione del lupo in Italia

La protezione del lupo, in Italia si deve far risalire all'anno 1971, a seguito di un Decreto Ministeriale che ne ha sancito la tutela legale fino all'anno 1992. In tale anno viene approvata la Legge n.157 "Norme per la protezione della fauna selvatica omeoterma e per il prelievo venatorio", tuttora vigente, che annovera il lupo tra le specie particolarmente protette (art.2, co.1). L'attuale quadro normativo si completa nell'anno 1997, con il Decreto del Presidente della Repubblica n.357, che recepisce la fondamentale Direttiva comunitaria "*Habitat*" n.43 del 1992. La Direttiva include il lupo nell'Allegato II (B) - "*Specie animali e vegetali d'interesse comunitario la cui conservazione richiede la designazione di zone speciali di conservazione*", e nell' Allegato IV (D) - "*Specie animali e vegetali di interesse comunitario che richiedono una protezione rigorosa*".

II - Segnalazioni e ricerche nell'Appennino modenese

Similmente ad altri grandi mammiferi, tra cui gli ungulati, il lupo è presente da centinaia di migliaia di anni nella penisola italica, prima dell'uomo stesso. Nel territorio modenese, l'arcaica presenza del lupo è confermata dai dati raccolti da paleontologi e archeologi. I riscontri più significativi sono costituiti principalmente da reperti ossei, rinvenuti presso siti archeologici terramaricoli. A essi, in tempi recenti, si aggiungono le testimonianze di naturalisti locali, risalenti principalmente alla seconda metà dell'Ottocento. I resoconti a nostra disposizione forniscono un'evidenza del fatto che il lupo, in quel periodo, fosse ancora presente - e attivamente cacciato - nel modenese. Contestualmente, tuttavia, questi testi per primi affrontano, seppur grossolanamente, il problema dello *status* di conservazione della specie a livello locale. In tali scritti si evidenzia, pur a carattere più documentaristico che scientifico, un declino della popolazione modenese di lupo, le cui cause si ipotizzava fossero da correlare agli ingenti disboscamenti in atto.

La scomparsa definitiva del lupo nella provincia di Modena (ma non dall'intero territorio nazionale) deve essere fatta risalire ai più recenti conflitti bellici, indicativamente tra il 1920 e il 1950. È plausibile ritenere che tale scomparsa sia attribuibile a una molteplicità di fattori, tra i quali:
- le generali condizioni di indigenza degli abitanti delle zone collinari e montane, dovute allo stato di guerra;
- il conseguente sfruttamento indiscriminato delle risorse naturali;
- la drastica riduzione delle potenziali prede selvatiche del lupo (ungulati, piccola selvaggina);
- l'uccisione sistematica e condivisa degli esemplari di lupo rimasti sul territorio;
- il forte disturbo antropico e la scomparsa di ampie porzioni di territorio idonee a costituire siti rifugio per la specie.

In tempi recenti, i più attendibili indizi relativi alla ricolonizzazione all'alto Appennino modenese da parte del lupo risalgono agli anni Novanta. Si tratta di segnalazioni plausibili, ma principalmente a carattere aneddotico, che si riferiscono al fugace avvistamento di un lupo nel corso delle ore notturne, o al rinvenimento di feci di cospicue dimensioni, contenenti peli e ossa.

Relativamente a tali segnalazioni non è possibile disporre di elementi oggettivi di convalida. L'elusività della specie, associata alla presenza di cani vaganti di morfotipo lupoide, contribuiscono ad aumentare ulteriormente il margine d'errore associato alla loro interpretazione. Esse tuttavia sembrano essere in accordo con le tempistiche di ricomparsa della specie sulle Alpi occidentali. Un indizio della nuova attenzione rivolta al lupo, a seguito della sua graduale ricomparsa nel modenese, è rappresentato da alcuni elaborati accademici risalenti sempre agli anni Novanta. Una tesi di laurea (A. Massolo), relativa all'elaborazione di un modello matematico predittivo sul ritorno del lupo, realizzata in collaborazione con l'Università di Modena. Una tesi di dottorato (P. Ciucci), relativa ai lupi del Parco dell'Orecchiella (Lucca), in una porzione del crinale tosco-emiliano attigua ai territori dell'Appennino modenese e reggiano. Al fine di ottenere un definitivo riscontro sul ritorno del lupo nell'Alto Appennino modenese, e per le manifeste implicazioni gestionali che tale presenza sottintende, nell'inverno 1999 il Servizio Faunistico della Provincia di Modena, aderisce a un protocollo regionale di indagine, tuttora in corso, a cui attualmente partecipano tutte le Province della regione Emilia Romagna. Tale indagine è condotta in collaborazione con il Laboratorio di Genetica dell'Istituto Nazionale per la Fauna Selvatica. La raccolta dei dati sulla specie, basata su tecniche di genetica non invasiva, è incentrata sulla raccolta di campioni fecali di lupo. Come meglio chiarito nel capitolo dedicato alle definizioni (*Genetica non invasiva*), dai campioni fecali è possibile determinare la specie e riconoscere i genotipi individuali della popolazione locale. A tali indagini si è andato sovrapponendo, nel triennio 2001 - 2004, il programma di indagini che funge da contesto al presente resoconto, ovvero il Progetto LIFE Natura 00/7214 "*Azioni di conservazione del lupo (*Canis lupus*) in 10 siti SIC di tre Parchi della Regione Emilia Romagna*", prima iniziativa di ricerca scientifica sulla specie in ambito locale, a carattere intensivo e continuativo.

III - Lupi e antropofagia

Sarà vero che il lupo mangia l'uomo? Nonostante i biologi spesso si sforzino di convincerci del contrario, è chiaro che la presenza del lupo in un territorio suscita sempre qualche inquietudine. A tale proposito è forse il caso di aprire una breve parentesi di approfondimento. I paleontologi R. Tedford e X. Wang del Museo di Storia Naturale di Los Angeles, specializzati in origini dei vertebrati, ci raccontano che il lupo calpesta questa terra da almeno un milione di anni, mentre l'*Homo sapiens* è comparso "soltanto" settecento anni dopo. Dopo un milione di anni di bistecche di capriolo, dovrebbe risultare piuttosto intuitivo, e facilmente condivisibile, il concetto che il lupo non è nato per cacciare l'uomo. In tale significativo lasso di tempo è piuttosto evidente che i lupi non si sono certo nutriti di nostri simili, anche se può essere successo che abbiano occasionalmente "assaggiato" qualche ominide nostro progenitore. L'evoluzione, nel corso dei millenni, ha progressivamente plasmato il lupo, perfezionandolo per la caccia agli ungulati. E gli ha fornito formidabili strumenti di lavoro per renderlo efficace in tal senso: olfatto finissimo, udito estremamente percettivo, notevole rusticità e resistenza fisica, capacità di apprendimento e adattamento, reattività, tenacia. Del resto ogni predatore si è evoluto per cacciare nello specifico una categoria di prede. Curiosamente, e per nostra fortuna, non esistono predatori che identificano nell'uomo la propria preda selettiva. Forse perché la nostra specifica collocazione nell'ecosistema è davvero singolare, unica. Grazie al nostro enorme cervello ci siamo affrancati dalle regole che determinano l'equilibrio tra le specie, e al contempo siamo divenuti predatori sia delle specie preda che degli stessi predatori.

Sotto un profilo prettamente ecologico, il lupo è un predatore al vertice della catena alimentare, e dimostra una plasticità comportamentale che gli consente di adattarsi a condizioni ambientali e a risorse alimentari talora molto diverse. Si pensi ai lupi che, negli anni Settanta, presso il Parco Nazionale d'Abruzzo, si cibavano di rifiuti nelle discariche comunali, per mancanza di ungulati. Non mi risulta, per inciso, che si siano spinti a cibarsi degli Abruzzesi.

Sul piano teorico, un lupo è perfettamente in grado di fronteggiare e avere ragione di un uomo adulto, nel pieno delle forze. E sarebbe stupido negare che mai un lupo abbia attaccato, e talora

190

ucciso, un uomo. Per difesa, se messo alle strette. Per fame, nei rigidi climi del continente nord-americano. Oppure a causa di fattori che ne modificano il comportamento, come alcune patologie che colpiscono il sistema nervoso. Comunque sia, alle nostre latitudini ciò potrebbe avvenire solo al verificarsi di particolari circostanze, piuttosto inusuali in realtà, che possono far leva sull'indole naturale del lupo forzandolo verso un atteggiamento inconsueto.

Come chiarito in precedenza, cacciare l'uomo non rientra nella storia evolutiva o nella cultura del lupo, in generale. Tanto meno del lupo nazionale. Basti pensare che in Italia, dopo il 1825, non esiste documentazione attendibile comprovante aggressioni di lupo verso l'uomo. Del resto i giornali, sempre pronti a scagliarsi con compiaciuto sadismo contro il famelico canide, non si lascerebbero certo sfuggire la ghiotta occasione di sparare un titolo roboante, ben più altisonante dei soliti, malignamente enfatici: "Il lupo torna a colpire" oppure "Gregge di pecore sbranato dai lupi" (bilancio: una pecora uccisa e una ferita). Anni di persecuzione diretta (caccia) o indiretta (bocconi avvelenati, trappole, tagliole) hanno insegnato al lupo che l'uomo rappresenta la più grande minaccia alla sua sopravvivenza. Questo fa sì che la specie, nella penisola, eviti accuratamente ogni contatto diretto con l'uomo, pur arrivando ad avvicinarsi anche parecchio, nelle ore notturne, alle abitazioni rurali e ai paesi. Del fatto che il lupo non sia una minaccia per l'escursionista, noi stessi ricercatori del Progetto siamo efficace testimonianza vivente. Nel Medioevo, è chiaro, la situazione era piuttosto diversa da quella attuale. In tempi di stretta convivenza tra fiere selvatiche e uomini, la probabilità che si siano potuti verificare contatti diretti tra lupo e uomo aumenta concretamente. La documentazione storica sull'argomento riporta diversi casi di attacchi di lupo rivolti all'uomo, spesso fantasiosamente documentati e di scarso valore sotto un profilo scientifico. Racconti enfatici, per nulla oggettivi, carichi di sovrastrutture simboliche. Nella vastissima letteratura a disposizione degli studiosi, tuttavia, sono rinvenibili episodi che contengono elementi di verosimiglianza. Ricordo il caso della *"Bestie del Gévaudan"*, quello del lupo *"Courtaud"*, la *"Bestia di Fontainbleu"*, la *"Bestia del Gardod"*, su cui, attraverso internet, chiunque può reperire informazioni. Le vittime degli attacchi sono in genere bambini, a dimostrazione che la specie umana, perlomeno nella propria forma compiuta, adulta, non è identificata come preda.

Alcuni studiosi hanno ipotizzato che i lupi colpevoli di attacchi all'uomo fossero affetti da patologie specifiche quali l'acromegalia, o più frequentemente la rabbia silvestre, un tempo molto diffusa tra i selvatici e debellata solo da pochi decenni. Malattie che modificano anche radicalmente il normale comportamento di un individuo, inducendo un'anomala aggressività. In tale panorama si trovano anche casi che si ammantano delle fosche tinte del dramma, storie atroci che accomunano uomini e lupi. Come quella di una lupa azzoppata da una tagliola che, per l'assoluta necessità di sfamare la prole, aveva preso ad avvicinarsi alle greggi. Le pecore, spesso custodite solo da inermi bambinetti, fuggivano a gambe levate lasciando allo scoperto i piccoli pastorelli, che con sole due gambe erano comunque svantaggiati rispetto alle tre zampe funzionanti e alle mascelle materne di una lupa. Come precisato, si tratta di racconti talora privi di elementi oggettivi, ma tuttavia plausibili, seppur isolati e decisamente anomali rispetto al naturale comportamento della specie. Come sostiene il noto zoologo Luigi Boitani: "L'attacco di lupi all'uomo rientra nella casistica delle eccezioni, in Italia come nel resto del mondo".

In tempi di Inquisizione medievale, il lupo è divenuto il simbolo stesso del maligno, e torturato, vilipeso, bruciato al rogo. Come sottolineato in precedenza, la rabbia silvestre era parecchio diffusa. La selvaggina era ritenuta una risorsa di esclusivo appannaggio dei signori - o perlomeno dell'uomo - ed era inammissibile che un animale come il lupo, considerato un sordido essere in odore di zolfo, potesse impunemente cibarsene. Analogo rango di "intoccabili" era riservato agli animali domestici, l'uccisione dei quali aggiungeva l'oltraggio del danno economico. Del resto i lupi, lungi dall'essere relegati sulle vette appenniniche come ai giorni nostri, condividevano con l'uomo un ambiente che diventava progressivamente più ostile alla specie. Per necessità o opportunità, finivano per divenire razziatori di risorse umane. Ben si capisce, quindi, l'interesse a trasformare il nostro più diretto competitore naturale in una bestia immonda e diabolica, degna di morte e di torture. Ecco quindi la necessità di deformare, dilatare, amplificare ogni attacco, a prescindere dalle circostanze. Era necessario creare il "nemico", in realtà semplicemente una creatura "selvatica" che risponde a leggi diverse da quelle dell'uomo. Quante altre specie hanno ricevuto "l'onore" di essere impiccate in piazza, bruciate al rogo, torturate al pari di assassini, truffatori, presunte streghe, impudenti eretici? L'uomo è per il lupo una minaccia ben più grande di quanto esso sia mai stato per la nostra specie. Tuttavia abbiamo demonizzato il "famelico" predatore come una razza aliena e nemica, al pari dei nativi americani al tempo della conquista del West, o degli ebrei nel periodo nazista. E' di certo l'unica specie animale per cui ci siamo presi la briga di condurre una prolungata e strutturata campagna di annientamento, che ancora oggi, con malaugurata efficacia, produce concreti effetti e pregiudizi. E' una triste storia in cui il lupo si rivela l'unica creatura selvatica della storia ad essere stata cacciata, denigrata, annientata secondo principi di "terrorismo psicologico" e di "pulizia etnica" applicati solo ed esclusivamente ad altri popoli nemici appartenenti alla specie umana. Onore ben poco invidiabile. Testimonianza indiretta di quanto il leggendario canide sia parte sostanziale della nostra cultura, se non addirittura della nostra storia evolutiva.

Giungendo al termine di questa serie di considerazioni, che meriterebbero approfondimenti ben diversi per le interessanti implicazioni culturali, antropologiche, etologiche che ne derivano, mi permetto di sottolineare come la risposta più corretta all'interrogativo iniziale non sia "il lupo è antropofago", quanto piuttosto "il lupo, in circostanze molto particolari, può anche ricorrere all'antropofagia". Il resto è propaganda medievale.

IV- Il senso del nostro lavoro

Periodicamente, con sincera ingenuità o un pizzico di malizia, diverse persone ci hanno chiesto che senso ha avuto il nostro lavoro. Risposta quasi scontata, dal nostro punto di vista. Ma il dubbio è più che legittimo, e solletica una serie di considerazioni tutt'altro che banali. Una domanda che di certo merita una risposta seria, poiché può aprire uno spiraglio su un universo lavorativo parallelo, distante dalla maggior parte di noi, e che forse vale la pena conoscere. In questo capitolo quindi tenterò di rispondere, con una certa sintesi ma senza banalizzare troppo, a due fondamentali interrogativi: a cosa è servito il Progetto LIFE? E, più in generale, a che serve il lavoro dei biologi della conservazione?

Le direttive europee, ratificate a livello nazionale, chiedono di studiare lo *status* di conservazione di specie vulnerabili, che comprendono importanti predatori come l'orso, la lince, l'aquila, ma anche il lupo. I progetti LIFE Natura sono un ottimo strumento per concretizzare ricerche dirette a questo scopo.

Il nostro Progetto LIFE ha avuto come obiettivo generale la formulazione di strategie per favorire la convivenza possibile tra l'uomo e il lupo, a seguito del ritorno del predatore nell'Appennino settentrionale. Perché di fatto esiste un concreto problema di convivenza in tal senso. Il reale elemento conflittuale, tuttavia, è costituito dalla sostanziale incompatibilità, nel medesimo territorio, tra un cacciatore come il lupo e le greggi. Un problema, quindi, che riguarda in via pressoché esclusiva attività economiche tradizionali, come la pastorizia e l'allevamento.

All'inizio sapevamo dalle indagini provinciali che i lupi erano effettivamente presenti nel territorio dei tre Parchi coinvolti nel progetto, ma non tanto di più. Si trattava dunque di capire se tali lupi fossero individui isolati, magari di passaggio, o piuttosto se esistessero nuclei familiari stabili sul territorio. In altri termini, dovevamo provvedere alla quantificazione dei lupi "residenti". Scoprire dove si rifugiassero, cacciassero, dormissero, di cosa si nutrissero. Era di estrema importanza chiarire se vi fossero siti riproduttivi, e se esistesse, come in altre zone d'Italia, un reale conflitto con gli allevatori. Risultava opportuno chiarire se le specie selvatiche risentissero del ritorno di questo importante predatore. Ecco cosa ci chiedeva il Progetto. Erano queste le informazioni che servivano ai Parchi per poter impostare strategie di gestione. Scattare una fotografia della situazione lupo, su scala locale, all'interno dell'area di studio. Mettere a fuoco i problemi reali, concreti, discriminandoli dai pregiudizi. Proporre soluzioni, misure in grado di offrire garanzie di tutela al lupo, specie protetta di interesse comunitario, e al contempo ridurre al minimo i possibili conflitti con la pastorizia. E tutto ciò per la prima volta in un arco pluriennale, nell'ambito di una ricerca intensiva su vasta scala comprendente il territorio di tre Parchi regionali adiacenti: un ambito amministrativo di circa cinquecento chilometri quadrati.

La parte preponderante del nostro lavoro era incentrata sulle indagini di campo rivolte al lupo. Intersecando i dati provenienti da diverse tecniche di indagine, abbiamo ricomposto i vari tasselli che tracciano il profilo ecologico della specie nella porzione di territorio indagata. Per avere una stima del numero di individui abbiamo analizzato il DNA delle cellule intestinali, presenti sulle feci. Le analisi genetiche condotte su tali cellule hanno consentito di risalire al numero degli individui presenti stabilmente sul territorio. Abbiamo così individuato le coppie stanziali, cioè le unità familiari. Solo tre coppie, ovvero sei lupi "residenti" sui centottanta chilometri quadrati presi in esame nel solo modenese. Diversi sono stati i genotipi (gli individui) campionati una sola volta. Un dato che potrebbe suggerire un intenso transito da aree confinanti, o uno spiccato indice di natalità, ma anche un elevato tasso di mortalità.

Abbiamo riscontrato la presenza di due sole coppie riproduttive, ovvero due nuclei familiari o branchi. Il territorio modenese, spartito tra questi due gruppi residenti, costituiva solo una parte dell'areale di ciascuna coppia, propensa ad allargarsi nel Bolognese, a est, nel Reggiano, a ovest, e verso la Toscana, a sud. La presenza dei cuccioli, prova dell'avvenuta riproduzione, ha costituito l'evidenza scientifica che tale area è idonea alla vita della specie e assume pertanto un elevato valore conservazionistico. Abbiamo quindi effettuato indagini sulla dieta del lupo. I resti indigesti dei pasti, come il pelo o le ossa, consentono di determinare la specie e talora l'età dell'animale divorato durante un pasto. È così possibile capire se il lupo ha mangiato pecore o caprioli, e in che misura.

Le indagini di popolazione sugli ungulati, altro grande insieme di attività, ci hanno consentito di stabilire se, da un anno all'altro, vi fossero incrementi o flessioni demografiche. Attraverso tali indagini abbiamo dunque verificato come la dieta del lupo fosse basata in massima parte sugli ungulati selvatici, in particolare capriolo e cinghiale. Poiché le popolazioni locali di questi ungulati registravano un lieve, progressivo incremento demografico annuale, il lupo non poteva essere ritenuto un fattore di minaccia, ma solo di selezione di tali popolazioni.

Infine abbiamo esaminato con attenzione il problema delle predazioni a carico delle greggi. Il danno ai pastori appariva limitato a pochi capi all'anno, inferiore alle due decine, e concentrato durante il periodo dello svezzamento, a fine estate. In tale periodo gli adulti hanno continua necessità di garantire carne fresca ai cuccioli, e i pastori hanno ancora pecore al pascolo. Gli allevatori colpiti erano essenzialmente quelli le cui pecore venivano lasciate incustodite in radure adiacenti il bosco, senza la fondamentale vigilanza del pastore o la protezione dei cani maremmani. Spesso le pecore erano vittima di cani vaganti, con una casa e un padrone, ma liberi di allontanarsi e fare razzie. Parlavamo coi pastori, ci sforzavamo di capire quali problemi avessero riscontrato, e quali fossero realmente causati dal lupo. Abbiamo effettuato verifiche sui tempi e le procedure di risarcimento. In caso di pecore uccise dal lupo, o da cani, deve essere avvertito tempestivamente un operatore del servizio veterinario AUSL, che effettua un sopralluogo e dispone il risarcimento dei capi uccisi. Ci siamo accorti che solo pochi pastori presentavano le denunce, sfiduciati e infastiditi dalla burocrazia. Talora qualcuno di loro attribuiva faziosamente al lupo un numero di capi uccisi assolutamente arbitrario, senza alcun riscontro nelle carcasse delle vittime, per strappare un più consistente risarcimento. In altri casi i veterinari venivano chiamati in ritardo, coinvolti solo quando della pecora rimanevano solo le ossa, rendendo tremendamente difficoltoso risalire alla causa della morte. Ci siamo quindi incaricati di fare periodiche visite ai pastori, organizzandoci per essere tempestivamente presenti al verificarsi di episodi di predazione. Ci proponevamo come una sorta di servizio di reperibilità volontario, in accordo con il personale veterinario locale. Offrivamo assistenza e supporto nella compilazione della modulistica, sollecitando l'intervento del veterinario di riferimento e documentando fotograficamente i vari casi. In tre anni di lavoro, i casi in cui siamo stati interpellati per attacchi alle greggi da parte di canidi si contano sulle dita di una mano.

Uno dei problemi lamentati dai pastori era l'impossibilità di sorvegliare le pecore. A spese del Progetto, e al fine di tutelare le greggi incustodite, abbiamo fatto erigere diversi recinti "anti-lupo" presso i pascoli usati abitualmente dalle greggi. Questa curiosa invenzione non è altro che un capiente gabbione che protegge le pecore quando il pastore è costretto a lasciarle incustodite. Il recinto si eleva per più di tre metri in altezza. La rete di contenimento, costituita da robuste maglie di ferro zincato, è interrata in profondità, alla base, e ripiegata verso l'esterno, all'estremità superiore. Tali stratagemmi scongiurano l'ingresso dei lupi sia dal basso, scavando, che dall'alto, saltando.

Le nostre attività, descritte fin qui con impietosa sintesi, hanno consentito ai Parchi di avere informazioni puntuali e inedite sul lupo, e un'idea molto precisa dei problemi causati dalla sua presenza sul territorio. La raccolta di dati aggiornati e oggettivi sul lupo rappresenta il cuore di un progetto di ricerca come il nostro, ma non è l'unico frutto che esso produce. La necessità di collaborare con vari soggetti, istituzionali e non, crea rapporti che consentono di disporre di personale coordinato e collaborativo, davvero prezioso per effettuare un'indagine su vasta scala. Abbiamo costantemente collaborato col Servizio Faunistico provinciale, con il Corpo di Polizia Provinciale, con il Corpo Forestale. Abbiamo stretto rapporti con le Guardie Ecologiche Volontarie, i Censitori Volontari provinciali, l'Università di Modena e Reggio Emilia. Abbiamo ospitato diversi studenti del corso di laurea in Scienze Naturali. E poi abbiamo collaborato, sempre proficuamente, con i cacciatori della fascia di preparco (ma immagino che loro preferirebbero essere citati, più correttamente, come "selettori" e "selecontrollori").

Una ricerca che opera all'interno del territorio di un Parco consente di raggiungere alcune non trascurabili finalità accessorie: la promozione dell'area protetta attraverso la ricerca e l'educazione ambientale. Oppure la raccolta di dati scientifici sul lupo, frutto della prima ricerca intensiva incentrata nell'Appennino settentrionale, di fondamentale importanza se si considera la relativa penuria di pubblicazioni scientifiche sulla specie relative al panorama italiano. Infine trovo che raccontare il ritorno del lupo alle popolazioni dell'Appennino, attraverso i dati oggettivi di un progetto di ricerca, sia un primo passo per dipanare una fitta rete di pregiudizi, e presentare il lupo per quello che è realmente. Se si dispone di informazioni concrete, si può discutere di problemi reali e finiti. Ciò conduce a un più consapevole approccio al problema lupo, il primo passo verso una critica, ragionata, consapevole accettazione della specie, e verso una serena convivenza con essa.

Spostando i termini della questione verso una prospettiva più generale, vorrei riproporre l'interrogativo iniziale: a che serve occuparsi di gestione faunistica? Di certo non è per niente facile fornire una risposta intuitiva a chi si trova al di fuori di uno specifico contesto professionale. È troppo scarsa la diffusione delle più basilari nozioni di ecologia, o la conoscenza delle principali problematiche legate alla gestione di risorse naturali come la fauna. Tutto ciò presuppone un bagaglio di nozioni prettamente di settore. Credo, in ogni caso, che un tentativo debba essere fatto. Sono addirittura convinto che proprio la corretta divulgazione delle informazioni di cui i ricercatori dispongono, in ogni campo del sapere, sia la prima e la maggiore garanzia per la sopravvivenza di moltissime specie animali tra cui - incidentalmente - la nostra. Dunque a che serve un biologo? Un tecnico faunista? Un naturalista? Ci sono mestieri la cui utilità pratica è immediatamente tangibile. Un idraulico ripara una perdita, e il tubo cessa di zampillare acqua sul pavimento. Un elettrauto cambia una lampadina bruciata, e il fanale dell'automobile di nuovo illumina la strada. Tutti possono constatare direttamente e in modo tangibile l'efficacia di tali professioni. Esistono professioni di fondamentale importanza i cui effetti sono visibili solo a medio, a lungo termine. Il contadino, ad esempio. Sono diversi, infine, lavori meno contingenti, ma ugualmente apprezzati: l'insegnante di musica, l'imbianchino, il profumiere, lo scrittore, il programmatore di videogiochi. Tali mestieri non ci consentono certo di mangiare ogni giorno, ma fanno parte della nostra vita, la rendono più ricca, e sono comunemente tollerati. Nessuno si chiede a cosa serva un profumo, pur senza ritenerlo essenziale nel(la) proprio quotidiano (perlomeno non al pari di un buon deodorante...). Indipendentemente dal campo di applicazione, credo che abbiano diritto di esistere, e di essere rispettati, anche i mestieri che riguardano la parte di universo di cui noi non ci occupiamo, ma che possono contribuire – seppur a nostra insaputa – a mantenere il mondo un luogo in cui valga la pena vivere.

Buona parte della ricerca faunistica, zoologica, ecologica in senso lato, può sembrare futile. Perlomeno agli occhi di chi si trova lontano da un contesto naturale che ci influenza, e che noi stessi influenziamo, molto di più di quanto siamo disposti ad ammettere. A un impiegato di città, studiare il lupo può assomigliare molto a un'occupazione perfettamente superflua. Un'attività principalmente ricreativa, basata su mansioni quotidiane troppo simili a rilassanti peregrinazioni tra i monti. Un ingiusto *leitmotiv* che ci ha perseguitati per anni. Ma la realtà, il senso intrinseco di ciò, è decisamente differente. Per noi il lavoro non è mai stato una vacanza, come potrebbe pensare chi si figura un quadro eccessivamente pittoresco dei nostri compiti. Certo è che per noi il lavoro è sempre stato anche un piacere, che ci ha impegnati parecchio ma anche trasmesso emozioni e aiutato a crescere, anche come persone. Non tutti però sono adatti per questa vita, che impone tempra e rinunce. C'è chi nasce per fare il manager, chi per vivere tra i mille stimoli di una città, chi per calzare un paio di scarponi e studiare la fauna selvatica.

Siamo nell'era della specializzazione. Per ogni cosa, anche la più banale, esiste una figura professionale specialistica. La fauna selvatica è una risorsa, al pari di altre. Logica suggerisce che vi siano figure, in particolari ambiti professionali, deputate allo studio e alla gestione di tale risorsa. Il ruolo, l'utilità di un esperto di fauna nella società divengono evidenti solo al deflagrare di specifici problemi. Quando i cinghiali devastano i campi; quando gli orsi nelle ore notturne si avvicinano ai paesi in cerca di rifiuti; quando le anguille cessano di risalire i canali o le nutrie forano gli argini fluviali con i loro cunicoli. È allora che si cerca l'esperto, si pretende una soluzione, ci si aspetta di poter contare su informazioni che nessuno ha raccolto, perché generalmente ritenute non prioritarie. Si tira in ballo il ricercatore, l'accademico di turno, ma a quel punto forse è tardi. Il ruolo del faunista (che anche all'interno della struttura di un ente Parco è raramente contemplato) viene riesumato solo quando una goffa gestione fai-da-te, o bieche ragioni di natura economica, hanno creato i presupposti perché la coesistenza con talune specie selvatiche divenga inconciliabile, imponendo di ricorrere drasticamente ai ripari.

In conclusione del presente capitolo vorrei sollevare interrogativi se possibile ancora più generali: è sensato proteggere il lupo (ma anche predatori come l'aquila, l'orso, la lince), considerato per anni acerrimo nemico dell'uomo? Che senso ha studiare e tutelare una specie a rischio di estinzione? Che senso ha proteggere il panda, animale pacioccone e simpatico, amato da tutti, ma talmente raro da essere pressoché scomparso in natura, virtualmente estinto, ormai senza alcun ruolo ecologico? Io stesso a un certo punto del mio cammino professionale mi sono dovuto porre seriamente il problema. E ho trovato diverse risposte che ritengo sensate, plausibili, solide.

La prima, a carattere istituzionale, è implicita negli orientamenti europei in materia di fauna. Il lupo è una specie ritenuta di importanza comunitaria. Compare tra le specie di particolare interesse ai sensi di una direttiva europea nota come "*Habitat*". Tale direttiva ne promuove lo studio e la ricerca, richiede l'acquisizione di informazioni sul relativo stato di conservazione. E questo è proprio il compito di biologi e naturalisti. Per la complessità delle variabili in gioco, e per l'assoluta necessità di ricostruire un quadro plausibile della situazione, si tratta di un lavoro che necessita decisamente dell'operato di figure professionali altamente specializzate.

Un'altra motivazione è suggerita dalla biologia, e riguarda il ruolo ecologico del lupo nell'ecosistema. Si tratta di un carnivoro che occupa una posizione di vertice nella catena alimentare. La sua presenza è un indizio di buona salute della biocenosi che lo ospita, su cui agisce come determinante elemento di selezione, eliminando animali malati, deboli, inadatti alla sopravvivenza. Un fattore di equilibrio, all'interno di contesti naturali in cui l'equilibrio è ogni giorno più precario.

Vi sono infine ragioni legate alla tutela delle risorse di cui disponiamo. Se qualcuno distruggesse il patrimonio artistico italiano, le chiese, i musei, i monumenti, personalmente vorrei che si intervenisse per evitare tale scempio. Per lo stesso principio credo si debbano tutelare le specie e gli habitat che compongono il nostro patrimonio naturale, una ricchezza che mi sembra inammissibile sprecare e distruggere cavalcando le ragioni della superficialità o avvalorando antichi pregiudizi.

Ritengo che ciascuno, dopo un momento di riflessione, possa trovare in sé le proprie ragioni, quelle in cui crede, condivide e sente più concrete, più personali. Poiché di ragioni sensate ne esistono molte. Chiudo con un'amara considerazione, forse addirittura un'ammissione di consapevolezza: le Scienze della Conservazione combattono nella maggior parte dei casi una lotta contro i mulini a vento. Le forze che producono perturbazioni negative dell'ambiente, e di conseguenza degli ecosistemi naturali, sono infinitamente più efficaci rispetto a quelle volte al loro equilibrio. La partita "Natura contro Economia" è vinta da quest'ultima con due reti di vantaggio. È una gara persa, quindi, ma non per questo inutile. Possiamo vivere senza profumi, o videogiochi, o telefonini, ma non senza ecosistemi sani, foreste rigogliose, animali che ne garantiscono l'equilibrio, aria respirabile, acqua potabile.

Tashunka Uitko (Cavallo Pazzo) era consapevole della propria inferiorità rispetto alle infinite truppe dell'esercito americano, ma combatteva per difendere la sua famiglia, la sua gente, la sua terra. Per noi è lo stesso. Il corretto funzionamento degli ecosistemi naturali è necessario alla nostra sopravvivenza. Ribadisco: necessario. Questo è un dato incontrovertibile. In piccola parte, quindi, e in un'accezione più ampia, anche noi "tecnici della natura" difendiamo la nostra terra, la nostra casa, la nostra gente. È curioso e triste constatare come taluni ancora la ritengano, con desolante superficialità, nulla di più di una stravagante, superflua occupazione.

V- Definizioni, concetti di ecologia, cenni metodologici

Analisi della dieta

La determinazione delle preferenze alimentari del lupo consente di reperire dati estremamente interessanti, finalizzati a chiarire aspetti generali della biologia della specie, e indispensabili a ricavare informazioni utili sotto il profilo prettamente gestionale. L'analisi della dieta del lupo può avvenire attraverso l'impiego di metodiche diverse. Ai fini del presente testo per analisi della dieta si intende il riconoscimento dei resti indigesti presenti all'interno di un campione fecale di lupo. Le componenti solide vengono suddivise in categorie alimentari, che comprendono principalmente pelo, parti di ossa, residui vegetali, ma anche terriccio, insetti e altro ancora. Durante un pasto, con le carni della preda il lupo ingerisce parecchio pelo. Pare che ciò rivesta una particolare importanza nella protezione meccanica delle mucose durante il transito intestinale. I formidabili denti del lupo frantumano le ossa, spesso ridotte a schegge molto aguzze, taglienti come cocci di porcellana. Grazie al pelo, i frammenti ossei vengono inglobati in una sorta di compatto cilindro di pelliccia. Ciò consente di scongiurare il rischio che si possano incidentalmente conficcare nelle pareti dell'intestino. Nell'analisi della dieta il pelo, abbondante nelle feci, assume una determinante importanza diagnostica. La struttura cellulare interna (ovvero la *medulla*) e il disegno esterno delle scaglie di cheratina (la cosiddetta *cortex*) possiedono caratteristiche tali da rendere possibile il riconoscimento della specie preda, e in alcuni casi la classe d'età (giovane-adulto) dell'animale predato. Grazie a tale tecnica di indagine è quindi possibile ricostruire le preferenze alimentari del lupo e verificare l'eventuale consumo di bestiame domestico. L'attendibilità di questo tipo di indagini è totalmente basata sulla professionalità degli operatori che si occupano del riconoscimento dei resti indigesti. A tale proposito si rende opportuno che gli stessi si sottopongano a un severo test per verificare la propria efficacia di riconoscimento, quantificando l'errore associato a tali indagini e quindi l'affidabilità delle stesse.

Biocenosi

Comunità di organismi animali e vegetali che condividono il medesimo ambiente, e sono legati da rapporti reciproci di natura ecologica.

Biodiversità
Diversità delle forme viventi che coesistono nel medesimo habitat.

Biotopo
Luogo fisico in cui risiede una biocenosi.

Ecosistema
Sistema formato da una componente non vivente (biotopo), da una componente vivente (biocenosi), e dalle reciproche relazioni tra essi.

Etologia
Scienza che studia il comportamento animale, e umano. Sviluppata tra il 1950 e il 1970 circa, l'etologia valse il premio Nobel (anno 1974) agli studiosi che la presentarono al mondo: Konrad Lorenz, Nico Timbergen e Otto Von Frisch.

Fitocenosi
Complesso di organismi (specie) vegetali che condividono un determinato ambiente.

Genetica non invasiva
La genetica non invasiva è un ramo della genetica che trova applicazione in diversi ambiti, da quello forense a quello più strettamente conservazionistico, e si occupa dell'estrazione e del riconoscimento di sequenze di DNA da campioni biologici reperiti evitando interventi invasivi sul soggetto in esame. In ambito conservazionistico, in particolare, sono oggetto d'indagine piume, bulbi piliferi, tracce di sangue, tracce di estro, saliva, urine o campioni fecali. Relativamente al lupo, la genetica non invasiva si occupa del riconoscimento del DNA ricavato da campioni fecali recenti. Il principio di estrazione si basa sulla separazione di porzioni di DNA derivanti dalle cellule dell'epitelio intestinale, presenti sulla superficie del campione. Il materiale derivante da tali cellule è soggetto a numerose problematiche, quali la velocità di degradazione della doppia elica, l'esiguità del materiale nucleotidico a disposizione, la necessità di amplificare tale materiale mediante *reazione a catena delle polimerasi* (PCR), la necessità di discriminare specifiche sequenze di DNA del lupo da quelle delle prede di cui si è cibato. I risultati della genetica non invasiva consentono di ottenere una serie di informazioni di nevralgica importanza. Il riconoscimento della specie, discriminando quindi i lupi da eventuali cani. La caratterizzazione univoca di ciascun individuo, consentendo di formulare ipotesi di aggregazione sui lupi

che frequentano una medesima area. Oppure ancora l'individuazione dei legami di parentela tra gli individui stessi. La genetica non invasiva è una tecnica insostituibile, ma non esaustiva, per ottenere dati di nevralgica importanza su una specie elusiva come il lupo, che può fornire risultati sorprendenti in associazione al *radiotracking*.

Habitat
Ambiente in cui vive una specie, definito sia dalle caratteristiche fisiche che dalle altre specie animali e vegetali presenti nell'ambiente stesso.

Home range
Areale occupato da un branco o da singoli lupi, coincidente con il territorio degli stessi.

Pellet group count
Tecnica finalizzata a ottenere stime di densità di una popolazione di ungulati, basata sul conteggio dei *pellet group*, feci a grani tipiche degli ungulati selvatici. Attraverso la percorrenza di transetti, ovvero circuiti standardizzati allocati sul territorio nel rispetto di precisi assunti statistici, vengono rilevati i *pellet group* delle specie indagate. Mediante una complessa equazione, che contempla una serie di variabili temporali, biologiche e ambientali, si ottengono valori di densità associati a un intervallo fiduciale, una sorta di grado di precisione della stima ottenuta. L'utilizzo di *pellet group* piuttosto che di altri segni di presenza offre il vantaggio di un più affidabile riconoscimento della specie indagate. Un ulteriore vantaggio è rappresentato dalla facilità di rinvenimento dei *pellet* sul terreno. (vedere anche: *Strip transect survey*)

Point framing
Metodica d'indagine impiegata per l'analisi quali-quantitativa di ciascun campione fecale di lupo destinato all'analisi della dieta. Il metodo prevede che i resti indigesti dei campioni esaminati, debitamente trattati e sterilizzati, vengano collocati su uno strumento che consente di ricavare, in maniera sistematica e standardizzata, una serie di subunità campione da sottoporre a riconoscimento. Lo strumento è composto da un ripiano rettangolare su cui il campione viene steso, distribuito in modo da formare uno strato omogeneo. Ai lati sono presenti due binari e un carrello in cui sono inseriti dieci puntatori equidistanti, che scorrono sopra l'intera superficie del campione, in dieci posizioni separate da un medesimo intervallo. Prelevando un frammento del campione in corrispondenza di ogni puntatore, e in ciascuna delle dieci posizioni possibili, si ottengono cento subunità del

campione stesso, da sottoporre a riconoscimento. In tal modo è possibile ricostruire le categorie alimentari principali che hanno composto un pasto, espresse in valore percentuale, e valutabili statisticamente.

(vedere anche: *Analisi della dieta*)

Polloni
Fusti secondari che in talune specie si sviluppano in corrispondenza delle zone di cicatrizzazione alla base di un albero, qualora esso venga tagliato a raso.

Popolazione
Insieme composto da individui appartenenti alla stessa specie, che condividono la medesima area e sono legati da rapporti reciproci (ecologici, sociali, etc.).

Radio-tracking
Metodica di indagine finalizzata a rilevare la localizzazione e gli spostamenti di un individuo, attraverso l'apposizione di un radio-collare. I primi radio-collari emettevano un segnale radio, captabile attraverso apposite antenne da uno o più operatori. I radio-collari più evoluti si interfacciano ai satelliti, secondo una tecnologia GPS, al pari dei comuni navigatori satellitari. Questi collari di nuova generazione hanno un peso ridotto, una buona autonomia di funzionamento, un'ottima precisione di rilevamento, e alleggeriscono l'impiego di operatori sul campo, interfacciandosi direttamente con un computer debitamente configurato.

(vedere anche: *Genetica non invasiva*)

Rendez-vous site
I cuccioli di lupo, nel corso del periodo estivo, sono capaci di spostamenti molto limitati, e dipendono totalmente dagli adulti per l'approvvigionamento alimentare. In questa fase rimangono per parecchi giorni presso specifici siti di ritrovo, i cosiddetti *rendez-vous site*. Tali siti occupano una posizione centrale o particolarmente inaccessibile del territorio di un branco, possono essere diversi in una medesima area, ed essere utilizzati secondo un criterio sequenziale. Presso i siti di *rendez-vous* i cuccioli, sotto la vigilanza degli adulti, hanno la possibilità di crescere in un ambiente protetto e fortificarsi quanto basta per seguire il branco nei propri spostamenti.

Specie
Individui geneticamente simili per caratteri interni ed esterni e per abitudini ecologiche, reciprocamente interfecondi.

Sottospecie
Individui appartenenti alla medesima specie, ma accomunati da peculiarità morfologiche o specifiche caratteristiche genetiche discriminabili a livello molecolare.

Snow-tracking
Lo *snow-tracking*, o tracciatura su neve, è una tecnica di indagine applicabile a diverse specie di mammiferi di medie o grandi dimensioni, basata sulla ricerca della pista impressa sul manto nevoso dalle orme di uno o più individui. Seguendo le tracce è possibile estrapolare informazioni sui singoli individui e sulla specie. Sin dalle prime applicazioni sperimentate in Canada e Nord America, la tecnica ha dimostrato di essere uno strumento fondamentale nello studio del lupo, in particolare relativamente al reperimento di dati di natura ecologica. Grazie allo *snowtracking* è possibile ricavare il numero di animali transitati in un'area, localizzare i siti di riposo, desumere il comportamento di caccia, rinvenire resti alimentari e campioni biologici, o ricostruire le modalità di utilizzo del territorio.

Strip transect survey (rilievo su transetti striscia)
L'utilizzo di *strip transect*,o transetti striscia, è applicato nella determinazione indiretta della densità di una specie sul territorio. Il metodo si basa sull'assunto che esista un rapporto di proporzionalità diretta tra il numero dei segni di presenza della specie indagata e il numero di individui appartenenti alla specie stessa. Nella percorrenza del transetto si rileva ogni segno indiretto di presenza relativo alle specie di interesse.
(Vedere anche: *Pellet group count*)

Ungulati
Mammiferi erbivori con unghie modificate a formare zoccoli. Gli ungulati selvatici dell'Appennino modenese comprendono il cervo, il capriolo, il daino (famiglia Cervidi), o il cinghiale (famiglia Suidi).

Vantage point survey
Il *vantage point survey* è una delle tecniche più utilizzate nel modenese per reperire dati di popolazione sugli ungulati selvatici. Essa consente di ricavare informazioni sulla struttura di popolazione delle specie

indagate. La tecnica prevede la realizzazione di sessioni di osservazione, all'alba e al tramonto, presso aree aperte circondate da boschi. Durante le ore crepuscolari gli ungulati divengono più contattabili, ed escono presso tali radure per pascolare. Osservatori esperti, collocati in punti strategici di osservazione, possono controllare simultaneamente una vasta porzione di territorio, e riconoscere specie, sesso e classe di età degli ungulati presenti.

Wolf-howling

La tecnica del *wolf howling*, o dell'ululato indotto, si basa sull'emissione di un ululato prodotto a voce o registrato, che funge da stimolo per innescare un ululato di risposta. Questa tecnica consente la localizzazione acustica dei lupi in un territorio. Attraverso il *wolf howling* è possibile individuare i siti di *rendez-vous*, attraverso il riconoscimento delle vocalizzazioni dei cuccioli. L'individuazione di un sito di *rendez-vous* fornisce un significativo riscontro dell'avvenuta riproduzione del lupo in un territorio. (vedere anche: *Rendez-vous site*)

Zoocenosi

Complesso di specie animali che condividono uno specifico habitat.

VI - Letture consigliate

Autori Vari, *"Guida del Parco Regionale dell'Alto Appennino Modenese"*, **ed. Giunti.**
Completo strumento di consultazione, valido ausilio nell'avvicinarsi alla comprensione dei diversi aspetti che caratterizzano l'Alto Appennino Modenese: storico, faunistico, botanico, geomorfologico, etnografico.

Boitani L., *"Dalla parte del lupo"*, **ed. Airone Mondadori.**
Libro nato dalla prima ricerca intensiva sul lupo in Italia, nel Parco d'Abruzzo, all'inizio degli anni Settanta. L'autore, con una prosa scorrevole e accattivante, passa in rassegna le varie sfaccettature dell'universo lupino. Ancora oggi, con qualche lieve acciacco, resta il testo divulgativo di riferimento sulla specie nel contesto italiano.

Ciucci P., Boitani L., *"Il lupo. Elementi di biologia, gestione, ricerca"*, **Istituto Nazionale per la Fauna Selvatica "Alessandro Ghigi", Documento Tecnico 23.**
Pubblicazione che affronta efficacemente, e da molteplici punto di vista, le problematiche di gestione del lupo sul territorio nazionale. Nonostante sia una pubblicazione rivolta agli addetti ai lavori, il documento è di facile lettura e di solido impianto metodologico, anche se a tratti superato nei contenuti.

Genovesi P. (a cura di), *"Piano d'azione nazionale per la conservazione del Lupo (***Canis lupus***)"*, **Quaderni di Conservazione della Natura n. 13, Ministero dell'Ambiente - Istituto Nazionale per la Fauna Selvatica.**
Testo che tratta compiutamente le problematiche connesse alla conservazione del lupo in Italia, con completezza e utilizzando una consistente mole di informazioni. Non sempre intuitivo, ma molto adatto a studenti di scienze biologiche e naturali, o ad appassionati che cercano un approccio più tecnico che divulgativo all'argomento "lupo".

Lopez B., "*Lupi*", edizioni Piemme Pocket.

Libro molto noto, uscito nel 1978, figura tra le prime e più apprezzate pubblicazioni divulgative realizzate negli Stati Uniti. Si tratta di un saggio che racconta il lupo con un approccio tra il narrativo e il giornalistico. Approfondisce vari aspetti del rapporto uomo-lupo, concedendo ampi spazi all'etnografia e al simbolismo dei Nativi d'America.

Mech L. D., "*The wolf. The ecology and behavior of an endangered species*", University of Minnesota Press.

Primo e validissimo libro divulgativo sul lupo scritto da quello che da più parti ne è considerato il massimo esperto mondiale. Molto piacevole e istruttivo, di chiarezza esemplare, anche se disponibile solo in lingua originale. Ottimo esempio di ricerca che si traduce in sapere divulgativo, con ricchezza e correttezza di contenuti associata a una rara semplicità espositiva. Tuttora una pietra miliare sull'argomento.

Mech L. D., Boitani L., "*Wolves. Behavior, ecology, an conservation*", University of Chicago Press.

Recente rassegna del sapere scientifico sul lupo, desunta da centinaia di ricerche in differenti aree di studio su scala mondiale. Ottimo compromesso tra il linguaggio di un articolo scientifico e la necessità di divulgare informazioni con efficacia. Pur essendo un testo tecnico, consente un approccio chiaramente orientativo e di compendio sulla letteratura scientifica reperibile a oggi sul lupo, in ambito internazionale.

Autori Vari, "*Il ritorno del lupo nell'Appennino settentrionale*", Documento redatto dallo staff del Progetto LIFE Natura 2000 IT/7214.

Libretto senza pretese, riassuntivo dell'esperienza di ricerca condotta nell'ambito del Progetto LIFE Natura "*Azioni di conservazione del lupo (Canis lupus) in 10 siti SIC di 3 Parchi della Regione Emilia Romagna*". Descrizione delle metodologie di ricerca applicate, e dei risultati ottenuti, con abbondanza di materiale iconografico originale.

VII - Crediti fotografici e didascaie

Pagina:

N.B. Ove non diversamente specificato, le fotografie sono state scattate direttamente dall'autore.

INDICE

LA VIA DEI MONTI
STORIE DI LUPI E DI APPENNINO